Klarant Verlag

AF238618

Rita Roth liebt Ostfriesland und besonders die Insel Norderney, die sie immer wieder zum Schauplatz ihrer Romane und Krimis macht. Als bekennende Muschelsammlerin kann die Autorin stundenlang am Nordseestrand entlanglaufen – bei einer steifen Brise allerdings sitzt sie lieber in einem Café und schreibt, anstatt sich ordentlich durchpusten zu lassen. Und so entstehen ihre spannenden Geschichten, inspiriert vom stürmischen Rauschen der See und von den Menschen, denen Rita Roth begegnet.

Rita Roth

Inselschreiber

Ostfrieslandkrimi

Klarant Verlag

Kapitel 1

»Wann kommt der Düvel denn nun?«

Gretje Blom sah ungehalten auf die Uhr. Sie hatte einen Kuchen für Onnos Gast gebacken und nun war er schon seit zehn Minuten überfällig. Die rüstige Seniorin war zwar neugierig auf den Besuch, wollte aber nicht den ganzen Nachmittag in der Friesenrose vertrödeln. An so einem sonnigen Tag im August zog sie es vor, sich mit einem Buch in einen Strandkorb zurückzuziehen. In den letzten Tagen war es auf der Ostfriesischen Insel immer wolkenverhangen, rau und stürmisch gewesen.

»Der muss jeden Moment da sein. Normalerweise ist er immer überpünktlich, der Herr Professor. Aber wenn man erst einmal im Ruhestand ist, verändert sich ja so einiges«, konnte Onno aus Erfahrung sagen. Onno Fokken und der Akademiker kannten sich schon seit mehreren Jahren. Immer wenn Dr. Düvel in den Semesterferien auf Norderney residierte, besuchte er seine einheimischen Freunde und Bekannten, zu denen inzwischen auch Onno gehörte. Gretje kannte ihn bislang nur aus Onnos Erzählungen und wollte diese seltsame Type unbedingt persönlich kennenlernen.

Als es klingelte, war sie, wie nicht anders zu erwarten, vor Onno und Piet an der Tür, um Professor Dr. Düvel in Empfang zu nehmen.

»Moin. Du bist also der Düvel«, begrüßte sie den kleinen Mann mit den wolligen grauen Haaren, die nach allen Seiten abstanden.

»Professor Dr. Düvel. So viel Zeit muss sein, gnä' Frau. Und mit dem Duzen hab ich das nicht so. Jedenfalls nicht mit fremden Personen«, wies er sie zurecht, kaum dass er im Flur stand. Onno verfolgte amüsiert das Geplänkel und schien nur darauf zu warten, wie seine lütje Friesenrose reagierte.

»Moin Onno«, wandte der Besucher sich dann an seinen Inselfreund. »Seit wann hast du denn eine Haushälterin? Die ist ja noch giftiger als mein Drachen zu Hause.«

»Und woher willste das wissen?«, zickte Gretje ihn an. »Wenn ich giftig bin, dann sieht das aber ganz anders aus. Und damit du das man weißt, Haushälterin war ich noch nie und werde es auch niemals sein. Es sei denn, die Umstände erfordern es.« Gretje baute sich vor dem Ergrauten auf, der nicht sehr viel größer war als sie, nur schmächtiger. Herausfordernd sah sie ihn an.

»Gestatten, mein Name ist Blom. Gretje Blom«, stellte sie sich nun nach James-Bond-Art vor. »Kannst aber ruhig Gretje zu mir sagen, ich hab das nicht so mit dem Siezen. Und außerdem«, sie sah ihn noch einmal von oben bis unten an, »außerdem sind wir uns nicht fremd. Wir kennen uns aus der Inselbücherei. Da hab ich dich letztens noch gesehen, wie du oben auf der Empore am Schmökern warst.«

»Na, von mir aus. Wenn ich in der Bücherei bin, dann kriege ich nicht mit, wer sich da noch alles hinverirrt hat. Ist aber höchst erfreulich, auch mal einen belesenen Menschen zu treffen. Was lesen Sie denn so? Ich tippe auf Heimatromane. Richtig?«

Piet Hansen, der Gretje wie ein Schatten nicht nur nach Norderney, sondern zu allen Gelegenheiten begleitete, fing an zu grinsen, als er das hörte. Er verkniff es sich, zu Gretjes Lesegewohnheiten etwas zu sagen, sondern machte auf den Tee aufmerksam, der nicht kalt werden sollte.

»Wie wär's denn mit 'nem leckeren Stück Kuchen und 'nem echten Ostfriesentee?«

»Den Kuchen hat unsere Gretje extra für dich gebacken«, betonte Onno. Gretje ist für ein paar Tage auf der Insel und sie wollte dich unbedingt kennenlernen.

Die Miene des Professors hellte sich auf, als er den Kuchen auf dem liebevoll gedeckten Tisch erblickte.

»Hmm. Der sieht ja köstlich aus. Ich glaube, ich war eben ein wenig unhöflich. War nicht so gemeint. Aber nun haben Sie mir immer noch nicht verraten, ach was, ich sag auch du zu dir Gretje. Also, hab ich richtig geraten? Du schmökerst Heimatromane?«

Gretje tippte sich an den Kopf. »Völlig daneben, du oller Düvel.« Sie grinste ihn an. »Krimis sind meine Passion.«

»Nein! Wirklich?« Der Professor betrachtete die kleine Person mit dem verschmitzten Lächeln ungläubig. »Du wirst mir ja immer sympathischer.«

»Ach wat?«

»Onno, erinnerst du dich noch, wie ich dir mal erzählt habe, was ich alles machen will, wenn ich erst einmal im Ruhestand bin?«

»Nee. Das fällt mir grad nicht ein. Was war das denn noch?« Onno kratzte sich am Kopf, nahm seine blaue Wollmütze von der Glatze und verdrehte die Augen.

»Das hab ich dir doch wohl schon tausendmal erzählt. Ich träume seit Jahren davon, ein Buch zu schreiben.«

»Jau, du Döskopp. Klar weiß ich das noch, hab dich nur auf den Arm genommen«, freute Onno sich, wobei er seine Muckis demonstrativ vorzeigte. Noch immer zierte die *Rote Lola* seinen Bizeps. Er schaffte es einfach nicht, sich von dem Tattoo zu trennen. »Wie könnte ich das vergessen? Du hast mir ja deine Nichte aufs Auge gedrückt.«

»Wo ist sie überhaupt? Sina weiß doch ganz genau, dass ich ihr meine neuen Notizen vorbeibringen will.«

Gretje Blom hatte sich schon sehr gewundert über den Gast in Zimmer Nummer fünf. Die junge Frau logierte bereits in der Friesenrose, als sie mit Piet angereist war.

»Die müsste gleich da sein. Zwischen der ganzen Schreiberei wollte sie zur Abwechslung mal einen Strandspaziergang machen, bei dem herrlichen Wetter. Wenn ich sie sehe, dann hat sie immer ihren Laptop dabei, sie setzt sich zum Tippen in ein Lokal, soweit ich weiß«, sagte Onno. Er beobachtete die wortkarge, hübsche Frau, die es anscheinend gut verstand, das Vergnügen neben der Arbeit nicht zu kurz kommen zu lassen, mit kritischen Augen. Als sie ankam, hatte er ihr die Hausregeln Punkt für Punkt erklären müssen. Insbesondere, dass er es nicht duldete, über Nacht Besuch anzuschleppen.

»Ich nehme an, du schreibst an deiner Biografie?«, mutmaßte Gretje.

»Nein, nein, so aufregend war mein Leben nicht. Ich arbeite an meinem ersten Krimi, der spielt hier auf Norderney.«

»Junge, Junge, Junge. Dat ist ja interessant! Wie weit bist du denn schon mit der Geschichte?«, fragte sie. Gretje Blom beschlich das kribbelnde Gefühl, als müsste sie sich in diesem Urlaub nicht langweilen. »Wenn's um Krimis geht, da kann ich dir wohl noch ein paar Tipps geben.«

Professor Düvel lachte, in der kleinen Teerunde fühlte er sich sichtlich wohl. Interessiert betrachtete er die Krimileserin durch seine dicken Brillengläser.

»Unsere Gretje wird auch als Miss Marple von Norderney bezeichnet. Man könnte meinen, es geht mit dem Deubel zu, aber immer, wenn wir auf der Insel sind, passiert hier Mord und Totschlag«, verriet Piet dem Schreiberling.

»Da muss wohl ein teuflischer Fluch auf mir liegen. Hoffentlich ist es jetzt damit vorbei.«

»Wieso?«

»Piet und ich sind schon seit ein paar Tagen da und es ist noch niemand um die Ecke gebracht worden. Aber erzähl mal, worum geht es denn in deinem Krimi? Wie weit bist du denn schon?«

Antonius Düvel fuhr sich mit der Hand durch seine üppige Lockenmähne, was wohl eine angemessene Geste für einen Schriftsteller sein sollte. Seine Augen sprühten bei Gretjes Wissensdurst an seinem Werk. Der kleine Mann blühte förmlich auf.

»Ich bin beim letzten, vielleicht aber auch erst beim vorletzten Kapitel und hoffe inständig, dass Sina mein Manuskript während meines Urlaubs fertigstellen kann. Eins darf ich euch schon mal verraten …«, kündigte er an, »einige Insulaner werden sich ganz schön umgucken. Der Krimi wird weggehen wie frische Fischbrötchen. Aber ich will nicht zu viel verraten, sonst geht ja die Spannung verloren.«

»Das ist ja krass«, rief Gretje begeistert. »Schreibst du das mit der Hand vor, oder wie machst du das?«

»Teils, teils. Hier. Ich zeig dir mal was.« Der Professor holte aus einer abgewetzten ledernen Schultasche zuerst ein edles Notizbuch und einen noch edleren Füllfederhalter mit Goldfeder hervor. Danach blätterte er ein zerfleddertes Notizbuch auf, dessen Seiten eng beschrieben waren. Auf die verwunderten Blicke der Anwesenden bekannte er, dass die verschiedenen Heftchen eine kleine Macke von ihm waren. »Ich schreibe zuerst mit der Hand und abends diktiere ich das dann in mein Diktiergerät. Meine Klaue kann ja niemand lesen. Kleine Hörprobe gefällig?«

Gretje schüttelte den Kopf. »Später vielleicht. Das ist ja doppelte Arbeit, wenn das dann hinterher noch alles abgetippt werden muss.«

Er lachte, als hätte Gretje einen guten Witz gemacht. »Dafür hab ich ja meine Nichte hierher eingeladen. Die macht das gern und ist sehr flott mit den Fingern. Meine Augen sind nicht die besten, das strengt mich zu sehr an. Außerdem bin ich ihr Patenonkel und sie profitiert schließlich auch davon, wenn es ein Bestseller wird. Sie könnte sich jetzt aber auch mal wieder blicken lassen. Sina hat mir zugesagt, anwesend zu sein, wenn ich den Text abliefere.«

»Professor Düvel, auf deinen Krimi sollten wir mit einem *Fittaminchen* anstoßen«, schlug Gretje vor.

»Sanddornlikör meint sie«, übersetzte Piet, der dem fragenden Blick des Professors begegnete.

»Willste auch einen?« Der Besucher war nicht abgeneigt.

»Dat ist wie Medizin. Da sind nämlich ganz viele Fittamine drin. Wenn du das regelmäßig trinkst, dann wirst du hundert Jahre alt«, klärte Gretje ihn über die lebensverlängernde Wirkung des Sanddornlikörs auf. »Wie soll der Krimi denn heißen? Hast du schon einen Titel?«

»Der ist noch geheim«, sagte er, kippte den Sanddornlikör runter und packte sein Notizbuch wieder ein. Er bedauerte sehr, nicht länger bleiben zu können, aber in der Bibliothek wollte er noch etwas recherchieren. In dem Moment, als er die Friesenrose verlassen wollte, stürmte Sina wie eine erfrischende Meeresbrise herein.

»Onkel Toni, ich war so im Schreibfieber, darüber habe ich glatt die Zeit vergessen. Hast du mir das Diktiergerät dagelassen, damit ich weiterarbeiten kann?«

»Liegt schon oben in deinem Zimmer. Ich muss los, will noch in die Bücherei. Kannst ja mitkommen. Ich hab da was Interessantes gefunden.«

Mitkommen wollte sie gern, allerdings nur bis zum Conversationshaus. Auf die Bücherei hatte sie heute keine Lust. Sie kannte ihren Onkel und wusste, dass er alles um sich herum vergaß, wenn er sich einmal festgelesen hatte.

»Ich hol mir nur noch etwas zu trinken«, sagte sie. »Toni, du hast ja deine Wasserflasche dabei, oder?«

Antonius Düvel nickte ihr zu, griff erneut zu seiner Tasche und nach einem Blick auf die Uhr wurde er ganz flott. Die Bücherei schloss um siebzehn Uhr und für das, was er vorhatte, brauchte er bestimmt mehr als eine Stunde.

Kapitel 2

In der Orangerie des Conversationshauses herrschte kaum
Betrieb, als Gretje Blom es betrat. Kein Wunder, das
sommerliche Wetter lockte die Urlauber an den Strand oder
zu anderen Outdoorunternehmungen. Bevor sie einen Blick
auf die Aushänge mit dem aktuellen Wochenprogramm
werfen wollte, bog sie nach rechts zur Bibliothek ab. Die
Mitarbeiterin dort kannte Gretje Blom inzwischen gut, mit
einem freundlichen *He!* nach Norderneyer Art grüßten sie
sich. Heute jedoch war eine Kollegin da, die Gretje nicht
kannte.

»Ist der Professor noch drinnen?«, fragte sie die junge
Frau. »Tut mir leid, aber ich bin noch nicht so lange hier.
Ich kenne die Besucher nicht persönlich und hab keine
Ahnung, ob ein Professor unter ihnen ist.«

»Dann gehe ich am besten selber gucken«, murmelte
Gretje angenervt. Sie schaute sich in dem vorderen Raum
um, konnte ihn dort aber nicht entdecken. Wie vermutet hielt
er sich in dem hinteren Saal auf, wo auch das Klavier stand.
In dem Bereich war sie Antonius Düvel des Öfteren
begegnet. Allerdings wusste sie da noch nicht, dass der
Bücherwurm ein Freund von Onno war. Wie so oft saß er
über ein Buch gebeugt auf der kleinen Empore. Er fuhr
zusammen, als Gretje ihn von der obersten Stufe aus
ansprach. »Bist wohl ein ziemlich verstreuter Professor?
Hier! Hast das Wichtigste bei uns vergessen.«

Sie gab ihm seinen teuren Füllfederhalter zurück und hatte
zumindest ein ›Danke‹ erwartet. Professor Düvel schaute
aber nur kurz auf, dann vertiefte er sich wieder in seine
Lektüre.

»Was liest du denn da? Scheint ja bannig aufregend zu
sein.«

»Hmm«, grummelte er, nahm die Brille ab, polierte die Gläser und rieb sich die Augen. »Ist noch was?« Mit einem verschwommenen Blick sah er Gretje Blom an, setzte die Sehhilfe wieder auf und fuhr sich fahrig durchs Haar.

»Denn eben nicht«, grummelte Gretje, drehte sich um und stieg vorsichtig die schmale Treppe wieder hinunter. Das war eine klare Ansage des Krimischreibers, er wollte nicht gestört werden. Außer Gretje und ihm hielten sich keine weiteren Besucher in dem Saal auf, die ihn hätten ablenken können. Vorausgesetzt, der Professor würde sie überhaupt wahrnehmen.

Nach erfolgreicher Mission schritt Gretje die Gemälde an den Wänden des Conversationshauses ab. Die Veranstaltungen, die am Schwarzen Brett angeschlagen waren, interessierten sie nicht sonderlich. Gretje nahm sich eine Broschüre, setzte sich an ein Tischchen und wartete auf Piet. Es dauerte keine zehn Minuten, da schlenderte der lange, hagere Ostfriese herein.

»Der Düvel war bestimmt ganz happy, als du ihm sein Schreibinstrument vorbeigebracht hast. Hatte er den Füller schon vermisst?«

»Pah!«, stieß Gretje verächtlich aus. »Der hat sich noch nicht einmal bei mir bedankt. Aber das hat wohl damit zu tun, dass er auf was Interessantes gestoßen war. Jedenfalls wollte er nicht gestört werden.«

»Mach dir nix draus, meine lütje Friesenrose. Du hast ja mich.«

»Was willst du mir denn damit sagen?«, griente sie. »Der Professor ist ein interessanter Kerl, dem ich nur noch ein bisschen Benehmen beibringen müsste.«

»Nur weil er einen Krimi schreibt, fährst du auf diese schräge Type ab?«

Die Antwort blieb Gretje ihm schuldig, denn plötzlich vernahmen sie Hilferufe, die zweifellos aus der Bibliothek kommen mussten.

»Hilfe! Hilfe! Ist hier ein Arzt? Wir brauchen einen Arzt!«

Gretje sprang sogleich von ihrem Tischchen auf und eilte zu der Bibliotheksmitarbeiterin, die völlig panisch noch immer nach Hilfe rief. Piet heftete sich an ihre Fersen. Er war zwar kein Arzt, aber in Erste Hilfe war er fit, er wusste genau, was zu tun war. »Was ist denn los?«, sprach Gretje die Mitarbeiterin an. »Da liegt einer, so ganz verrenkt. Der ist die Treppe runtergefallen«, stieß sie hervor. »Der bewegt sich nicht mehr.«

»Haste denn schon die 112, den Notruf, angerufen?«

Gretje sah ihr an, dass sie es nicht getan hatte, und wählte die Rettungsnummer. Entschlossen schob sie die junge Frau zur Seite und lief auf die vermaledeite Treppe zu. Piet legte den Arm um die kopflose junge Frau und ging mit ihr in die Innenräume der Bibliothek. Er sagte ihr, sie solle von innen abschließen, um neugierige Besucher fernzuhalten. Zusammen folgten sie Gretje, die er am Fuße der Empore vorfand und sich bekreuzigte. »Piet«, sagte sie mit heiserer Stimme und winkte ihn näher zu sich heran. »Kiek dir den mal an, das ist doch unser Professor. Der war eben noch quietschlebendig.« Sie wischte sich über die Augen. »Und so, wie ich das einschätze, wird der seinen Krimi nicht zu Ende schreiben. Was für ein Drama. Welch ein Trauerspiel!«

Piet folgte ihr mit seinen Blicken, als sie sich dem Verletzten näherte und neben ihn kniete.

»Hey, du oller Düvel, hörst du mich«, sprach sie den Verletzten an. Sie fühlte seinen Puls. Der war kaum spürbar, signalisierte aber noch Leben. Sie beugte sich tief zu ihm herab und meinte, ein Zucken wahrzunehmen. Gretje hatte sich nicht getäuscht, ein Laut drang über seine blutleeren

Lippen und seine Lider flatterten. Mit einem Ohr näherte sie sich seinem Mund, ihre Hand lag warm und beruhigend auf seiner. Der Professor schien ihr noch etwas sagen zu wollen, doch seine Kräfte verließen ihn zusehends. Was er von sich gab, hörte sich an, wie: »Krimi …, rot …«, und mit etwas Fantasie, verstand sie ein Wort, das Diktiergerät heißen konnte. »Das rote Diktiergerät?«, wiederholte Gretje. Dr. Düvels Augen warfen einen letzten Blick in das Reich der Bücher. Als Gretje einen leichten Gegendruck seiner Hand verspürte, versprach sie dem Sterbenden: »Ich mach das schon, dass dein Krimi fertig wird und dass jeder erfährt, was du herausgefunden hast.«

Die Hand des Professors erschlaffte, der letzte Atemzug war ausgehaucht, nun gab er kein Lebenszeichen mehr von sich. Stille. Friedliche Stille kehrte in den schmächtigen Körper mit dem lockigen Haupt ein. Gretje schloss seine Lider, wobei sie sich über die unnatürlich geweiteten Pupillen wunderte. Sie rief Piet herbei, der nur zwei Schritte entfernt hinter ihr stand und alles mitangesehen hatte.

Der kurze Moment des ewigen Abschieds steckte der Hobbydetektivin mehr in den Gliedern, als ihr lieb war. Er währte jedoch nicht lange, Gretje wollte unbedingt ein paar Fotos machen, damit hinterher alles sauber dokumentiert werden konnte. Geistesgegenwärtig hielt sie Ausschau nach einem roten Gegenstand, auf dem sich sehr wahrscheinlich brisante Informationen befanden. Auf den ersten Blick konnte sie nichts Rotes entdecken, leider auch nicht auf den zweiten Blick.

»Der Düvel hat bestimmt nichts dagegen, wenn ich Fotos von ihm mache«, sagte sie entschuldigend zu ihrem Freund und knipste den Toten von allen Seiten. Da die Leiche die Treppe verbarrikadierte und sie schlecht über ihn hinwegsteigen konnte, war es ihr unmöglich, den oberen Bereich auf Spuren hin abzuchecken. Es konnte ja sein, dass auf der Empore Unterlagen von ihm liegen geblieben waren, die ein anderes Licht auf den Unfall warfen. »Kann es für einen Schriftsteller einen schöneren Tod geben, als von Büchern umgeben das Zeitliche zu segnen?«, dachte sie laut genug, dass zumindest Piet es hörte.

»So'n Schiet aber auch«, entgegnete er, »der Professor hatte mich mit seinem Krimi schon richtig angefixt. Den werden wir denn wohl nicht mehr lesen können.«

»Wer weiß? Sina hat doch schon den größten Teil des Manuskripts. Außerdem habe ich ihm mein Wort gegeben, dafür zu sorgen, dass der Krimi veröffentlicht wird. Egal, ob es ein Unfall war, oder nicht. Wir müssen Sina verständigen.« Die fitte Seniorin dachte wieder einmal an das Naheliegendste. Allerdings kam sie nicht sogleich dazu, denn nun hämmerte der Rettungsdienst gegen die Tür.

Die Sanitäter stellten schnell fest, dass jegliche Hilfe zu spät kam. Hier war der Notarzt gefragt, um den Exitus des Verunglückten zu bescheinigen.

Gretje Blom verfolgte, aus ihrer geduckten Position hinter dem Flügel, jede Bewegung der Rettungsmannschaft. Unwillkürlich stieß sie Piet an, als Dr. Feldmann sich näherte und zunächst umständlich seine Fliege zurechtrückte, bevor er seiner Pflicht nachkam und die verunfallte Person in Augenschein nahm.

»Das ist doch unser Inselschreiber, Dr. Düvel,« erkannte er den Toten. »Mit dem bin ich in der kommenden Woche verabredet. Ähm, gewesen«, verbesserte er sich und löschte den Termin mit Prof. Dr. Antonius Düvel aus seinem Handy. »Wie kann man aber auch so dumm die Treppe runterfallen und sich das Genick brechen?«, murmelte er. Denn daran gab es für ihn keinen Zweifel.

Gretje Blom hatte ihn dennoch verstanden und kommentierte seine Gedankengänge. »Vielleicht hat ja jemand nachgeholfen?«, mutmaßte sie.

Dr. Feldmann fuhr herum, wie von der Tarantel gestochen. Er blinzelte in den Raum, dann erkannte er Gretje Blom, mitsamt ihrer Begleitung.

»Wie hätte es auch anders sein können? Egal, wo jemand sein Leben auf dieser Insel aushaucht, die Miss Marple Ostfrieslands ist stets als Erste vor Ort.« In dieser Feststellung des Arztes schwang so viel Verachtung mit, wie für einen ätzenden Möwenschiss. Gretje trat aus ihrem Versteck hervor und erzählte dem Mediziner, dass sie den Toten vor ungefähr einer halben Stunde noch quicklebendig erlebt hatte.

Das bekamen auch die beiden Inselpolizisten, Jan Berg und Bea Bissick mit, die nach Gretjes Notruf auf der Stelle ausgerückt waren. »Das geht doch wohl mit dem Deubel zu!«, rief die Kriminalhauptkommissarin entrüstet beim Anblick des Seniorenduos.

»Jau. Das glaub ich auch langsam. Der teuflische Fluch hat wieder einmal zugeschlagen.« Gretje Blom kannte Bea und ihre zickigen Eigenheiten inzwischen recht gut und ließ sich von der Amtsperson kein bisschen einschüchtern. Überhaupt konnte sie niemand mehr wirklich Bange machen, dafür war ihr Vorsprung an Lebenserfahrung viel zu groß.

»Ist übrigens kein Blut zu sehen, kannst ruhig näher rangehen«, wandte sie sich an den Inselpolizisten Jan Berg. Den kannte sie seit seiner Kindheit und mit Vergnügen zog sie ihn damit auf, dass er kein Blut sehen konnte und ihm dann übel wurde. Seine Kollegin verzog ihr Gesicht bei der Stichelei zu einem Grinsen. Es währte aber nur kurz und erstarb, als sie den Toten erblickte.

»Ist er tot?«, fragte sie Dr. Feldmann unnötigerweise.

»Genickbruch«, presste er hervor.

»Durch Fremdeinwirkung?«, wollte sie wissen.

»Nein. Es war ein tragischer Unfall.«

»Ah, ja? Wie genau haben Sie ihn denn untersucht, Dr. Feldmann?«

»Sie glauben mir nicht? Zweifeln sie an meiner Kompetenz? Ich bin Arzt! Sehen Sie doch selbst nach, wenn Sie es besser wissen. Vielleicht entdecken Sie ja irgendwelche Spuren von Fremdeinwirkung. Unser Inselschreiber ist unglücklich gestürzt. Die näheren Umstände herauszufinden, überlasse ich gern Ihnen.« Dr. Feldmann stellte den Totenschein aus, danach schickte er sich an zu gehen. Er verbeugte sich vor der Hauptkommissarin, zupfte nochmals an seiner Fliege und gab ihr den Rat, sich zur Aufklärung des Falls an Gretje Blom zu wenden.

»Unsere werte Hobbydetektivin hat ihn kurz vor seinem Tod noch putzmunter gesehen. Stimmt's?«

Gretje nickte, machte jedoch darauf aufmerksam, dass die neue Bibliothekarin die Letzte war, die ihn lebend gesehen hatte.

»Wir haben uns um das Mädchen gekümmert«, sagte Gretje. »Die war ja völlig durch den Wind, die hat nur immer Hilfe geschrien. Da drüben in der Ecke, das ist sie.«

»Gut gemacht. Ich hätte dann noch einen Auftrag für euch zwei.« Bea sah die Senioren nachdenklich an. »Wenn mein Auftrag nichts für euch ist, dann verlasst bitte auf der Stelle diese Räumlichkeiten und behindert uns nicht länger bei der Polizeiarbeit.«

»Was denn für'n Auftrag?«, wollte Gretje wissen. Wenn Bea Bissick so umgänglich war, musste es irgendwo einen Haken an der Sache geben. Ausgerechnet jetzt, wo es spannend wurde, wollte Gretje Blom unter keinen Umständen das Feld räumen.

»Nehmt euch der Mitarbeiterin an, passt ein bisschen auf sie auf. Die Frau macht keinen stabilen Eindruck auf mich. Es wäre verdammt ärgerlich, wenn die uns umkippt und wir sie nicht befragen können.«

»Jawoll, Chefin!«, erwiderte Gretje. Piet nickte. »Wir kümmern uns um dat Wicht.«

Kapitel 3

Bea Bissick streifte sich Latexhandschuhe über, ehe sie sich zu dem Toten herabbeugte, nach Auffälligkeiten suchte und mit geschultem Blick die Umgebung scannte.

»Du kennst den Toten?«, fragte sie ihren Kollegen Jan Berg. Das Insiderwissen der Einheimischen fehlte ihr, sie lebte ja noch nicht lange auf der Insel. »Woher und wie gut kennst du ihn? Kannst du etwas dazu sagen, ob er gesundheitliche Probleme hatte?«

»Antonius Düvel kenne ich schon aus der Zeit, als mein Vater noch das Kommissariat geleitet hat. Soweit ich weiß, ist er Professor für Strafrecht und fährt jedes Jahr in den Semesterferien zu uns rüber. Er ist einer der treuesten Stammgäste der Insel und logiert dann immer in derselben Pension. Er interessiert sich für Vogelkunde und Ahnenforschung. Neuerdings fühlt er sich jedoch zum Schreiben berufen, er kennt viele Einheimische persönlich und trifft sich mit ihnen.«

»Guck mal einer an. Den Professor sieht man ihm aber auch nicht an.« Damit meinte Bea Bissick wohl das graue Zöpfchen, das aus seinem Bart zentimeterlang unterm Kinn baumelte. »Wäre das nicht auch was für dich? Ein Bart würde dir bestimmt gut stehen, und die Frauen fliegen auf so was. Du suchst doch immer noch nach der Richtigen. Oder täusche ich mich?«, neckte sie ihren Kollegen.

»Das Zöpfchen ist neu. Letzten Sommer hatte er noch 'ne anständige Frisur und war ordentlich rasiert. Der Düvel macht ja jetzt auf Schriftsteller. Er arbeitet an einem Krimi, hat er mir erzählt. Vor seiner Pensionierung war der nicht so locker drauf.« Auf Beas Neugierde an seinem eigenen Privatleben ging er mit keiner Silbe ein.

»Interessanter Typ. Dann sollten wir doch mal überprüfen, was er so alles bei seinen Sachen hat.«

Jan Berg begutachtete den Inhalt der Aktentasche, die unverschlossen bei dem Toten lag. Am Fuße der Treppe fanden sich einige Stifte, aber auch seine Brieftasche mit den Papieren und einer beträchtlichen Summe Bargeld.

»Dann wollen wir seine Sachen mal fein ordentlich eintüten«, drängte Bea und fing an, alles in sterile Beutel zu verpacken. Für sie war der Fall klar, sie hatten sich ein Bild von dem Unfallort gemacht, den Einsatz der Spurensicherung hielt sie nicht für notwendig. Bevor sie jedoch in den Feierabend starten konnten, wollten sie die Bibliotheksmitarbeiterin befragen. Vielleicht gab es auch Zeugen, die sich zu der Zeit in der Bibliothek aufhielten und den Sturz mitangesehen, möglicherweise sogar mit dem Handy gefilmt hatten?

»Der Bestatter müsste gleich da sein«, bemerkte der Hauptkommissar. »So lange bleiben wir noch.«

»Gretje und Piet sind immer noch da, die sollten wir schleunigst nach Hause schicken.« Die Ermittler wollten sich ungestört mit der jungen Frau unterhalten. »Hoffentlich konnten sie die Mitarbeiterin ein wenig beruhigen.«

»Wenn einer das kann, dann ja wohl Gretje Blom«, erwiderte Jan Berg. »Du kennst sie doch.«

Bea Bissick rollte mit den Augen. Sie hatte noch immer das Bild von Gretje in schwindelerregender Höhe im Kopf, wie sie auf einen Selbstmordkandidaten einredete und ihn vom Sprung in die Tiefe abgehalten hatte.

Die Bibliotheksangestellte wirkte schon etwas gefasster, als Bea Bissick und Jan Berg auf sie zugingen. Gretjes Hand lag auf ihrem Arm und leise sprach sie mit ihr.

»Wir würden uns gern noch einen Moment mit Ihnen unterhalten«, sagte Jan Berg zu der Angestellten. »Mein Name ist Hauptkommissar Jan Berg und das ist meine Kollegin, Hauptkommissarin Bea Bissick.«

»Bissick mit ck am Ende«, fiel Bea ihm ins Wort. »Und Sie sind?«

»Gesa de Boer«, antwortete sie automatisch. »Ich kann Ihnen nichts sagen, das ging alles so schnell. Ich habe nichts von dem Sturz mitgekriegt.« Hilfesuchend sah sie zu den beiden Senioren, die jedoch im Begriff waren zu gehen.

»Danke, dass ihr noch geblieben seid. Ihr habt sicher noch was Besseres vor«, war Beas Aufforderung an die zwei, zu verschwinden.

Kapitel 4

Gretje und Piet nahmen nicht den direkten Weg zurück in die Friesenrose, sie schlenderten noch zum Strand hinunter, bis an den Meeressaum. Die Nordsee war an diesem Abend ruhig und schimmerte in sanften graugrünen Farbtönen.

»Ich werde das Gefühl nicht los, dass der Unfall kein Unfall war«, sagte Gretje zu Piet. »Wer aber könnte ein Interesse daran haben, den Professor aus dem Weg zu räumen? Zufällig habe ich bei Sina Notizen von ihm gesehen, als die Zimmertür und das Fenster weit offen standen. Ich hab nicht spioniert, falls du das denkst, es sollte nur nicht alles wegfliegen.« Gretje Blom blickte über das Wasser zum Horizont, als könne sie dort eine Antwort finden.

»Du bist ja süß! Nicht spioniert?« Piet knuffte sie auf den Arm. »Nun red doch kein dummes Zeug, meine lütje Friesenrose. Du glaubst doch nicht, jemand hat ihn die Treppe runtergestoßen? Es war doch niemand mehr da. Oder zweifelst du an dem, was Gesa uns erzählt hat?« Piet legte seinen Arm um Gretjes Schulter, schnell schüttelte sie ihn jedoch wieder ab. Wenn sie intensiv nachdachte, mochte sie keine Ablenkungen, auch wenn sie noch so gut gemeint waren.

»Bin mir nicht hundertprozentig sicher bei der Mitarbeiterin. Als ich nämlich in der Bücherei nach dem Professor fragte, weil ich ihm ja seinen Füller zurückbringen wollte, war sie recht patzig und tat so, als hätte sie von nichts 'ne Ahnung.«

»Wir müssen es Sina sagen. Mein Gott, das arme Wicht. Vielleicht kann die uns einen Hinweis geben, wer an seinem Ableben interessiert sein könnte? Dr. Düvel hat ja überall rumerzählt, dass er in seinem Roman etwas aufdecken will, das nicht jedem gefallen würde.«

»Du hast also vor, das Rätsel zu lösen, und wir sollen wieder eine SOKO ins Leben rufen?«

»Jau. SOKO Inselschreiber! Einverstanden?«

»Ich bin dabei.«

Sie genehmigten sich noch ein kühles Norderneyer Bier und als sie in der Friesenrose eintrudelten, trafen sie nur Onno an. Die Nichte des Professors hatte sich noch nicht wieder blicken lassen, was aber niemanden wunderte, da Sina sich so wenig wie möglich in ihrer Unterkunft aufhielt. Niemand wusste so recht, wie sie sich neben ihrer Schreibarbeit die Zeit vertrieb. Nur dem attraktiven Mitbewohner Leon gegenüber zeigte sie sich etwas aufgeschlossener. Sie hatte sich sogar schon einmal eine Strandmassage bei ihm gegönnt, das hatte Leon Gretje gegenüber erwähnt. Worüber sie sich unterhalten hatten, verriet der Physiotherapeut allerdings nicht.

»Hast du es schon gehört? Das mit dem Professor?«, fragte Gretje Blom ihren Freund Onno.

»Was soll ich gehört haben? Hat es mit seinem Krimi zu tun?« Onno hatte sich schon in seinem Fernsehsessel niedergelassen und zappte durch das Abendprogramm. »Hat er dir das Geheimnis seines mysteriösen Falls verraten, als du ihn getroffen hast? Oder hast du schon erraten, wer der Mörder ist?«

Gretje warf Piet einen bedeutungsvollen Blick zu. Der olle Seebär hatte nicht den blassesten Schimmer. Sie schaltete den Fernseher aus und bremste Onno, als er sie ärgerlich anfahren wollte.

»Der Professor ist tot«, sagte sie so sachlich wie möglich. Dann schilderte sie den Treppensturz in der Bibliothek. »Und ich bin mir sicher, das war kein Unfall. Das war Mord. Ein heimtückischer Mord, der den Autor zum Schweigen bringen sollte, damit sein Krimi nicht veröffentlicht wird. Wenn wir nur wüssten, wer sein Mörder ist.«

Onno sank in den Polstern zurück, er nahm seine Mütze vom Kopf und knubbelte sie mit seinen Pranken zusammen. Man konnte meinen, er würgte das olle blaue Strickding. Plötzlich sprang er auf und marschierte kreuz und quer durchs Wohnzimmer. Schweigend. Erst nach der vierten Runde fand er die Sprache wieder.

»Ich hab's doch gleich gewusst, dass das nicht gut gehen kann, wenn du wieder hier bist. Jedes Mal muss jemand sterben. Bei Neptun, was hat das zu bedeuten?« Der Riesenkerl starrte Gretje an, als sei sie persönlich schuld an dem Tod von Dr. Düvel. »Warst wohl auch noch dabei, als es passiert ist? Oder hast du ihn runtergeschubst, weil du deine Schnüffelnase noch nirgends reinstecken konntest?« Onno sackte zurück auf den Fernsehsessel. Er hatte sich mit dem Sprechen verausgabt. So viele Worte auf einmal kamen selten über seine Lippen.

»Du spinnst wohl?« Gretje tippte sich an die Stirn.

In diesem Augenblick ging die Tür auf, Leon spazierte mit seiner Freundin Ida herein.

»Haben wir was verpasst?«, fragte er. »Oder seid ihr grad im Begriff, eine neue SOKO zu gründen?« Er hatte die Lage offenbar sofort erfasst, denn von Ida war er über den neuesten Tratsch in ihrem Sanddornlädchen im Bilde.

»Nicht lang schnacken, lieber gleich den Täter packen«, rief Gretje. Damit war besiegelt, dass sie wieder einmal einen Fall lösen wollte.

»Wir waren im Conversationshaus, als es passiert ist«, sagte Piet. »Gretje geht davon aus, dass es kein Unfall war, ihre Theorien sind nicht völlig aus der Luft gegriffen. Wir sollten der Sache nachgehen.«

»SOKO Inselschreiber! Hat jemand was dagegen?«, sagte Gretje. »Lasst uns mal alles zusammentragen, was wir über den Professor und sein Erstlingswerk wissen.«

»Wo ist Sina denn? Oben? Habt ihr es ihr schon gesagt?«, erkundigte sich Leon.

»Keine Ahnung wo sie sein könnte. Jedenfalls ist sie noch nicht zurück. Onno, ruf dat Wicht doch mal an und frag nach, wann sie nach Hause kommt?« Gretje war bereits dabei, Aufgaben zu verteilen.

»Ich bin doch nicht ihr Kindermädchen.«

Widerstrebend wählte er die Nummer. Als sich aber nur die Sprachbox meldete, legte er gleich wieder auf. Gretje zog ihre ohnehin faltige Stirn kraus, nahm ihm das Telefon aus der Hand, tippte auf Wahlwiederholung und hinterließ eine Nachricht. Sina sollte sich umgehend bei ihnen melden.

»So macht man das«, belehrte sie ihn und gab Onno das Handy zurück. »Und nun erstellen wir eine Liste, was wir über den Düvel wissen.«

***

»Gibt es in der Bibliothek eigentlich keine Videoüberwachung?«, begann Bea Bissick das Gespräch mit Gesa de Boer.

»Nein, das ist mir nicht bekannt. Aber ich bin auch noch nicht so lange hier, erst seit Anfang August. Und dann passiert mir gleich so etwas«, jammerte Gesa. »Das ist wieder einmal typisch. Ich hab immer so'n Pech.«

»Sie sind aber doch sicherlich gut eingearbeitet worden?« Fragend blickte Jan Berg die Verängstigte an.

»Ganze drei Tage, dann musste ich schon stundenweise allein den Laden schmeißen. Ist aber nichts Neues für mich. Davor war ich in einer Gemeindebücherei auf dem Festland angestellt.«

Bea rollte innerlich mit den Augen. Den Lebenslauf der Frau wollte sie nicht so genau wissen, sie mussten ihre Taktik ändern und gezielte Fragen stellen.

»Wann haben Sie den Toten gefunden? Erinnern Sie sich bitte an die Uhrzeit. Hat er nach dem Sturz noch gelebt? Hat er noch etwas gesagt?«

»Der hat sich nicht mehr gerührt. Dann hab ich direkt um Hilfe gerufen. Die alte Frau, Gretje, war sofort bei mir und sie ist dann hingegangen zu dem Mann.«

»Wie spät war es da? Wir können natürlich auch Gretje Blom fragen.«

»Das muss kurz nach fünf gewesen sein. Ungefähr Viertel nach. Um fünf machen wir nämlich den Laden dicht und vorher schalten wir immer eine Durchsage, damit die Besucher sich langsam zum Aufbruch rüsten können.«

»Wie viele Leute waren denn noch anwesend? Kannten Sie welche davon? Waren es Gäste, die regelmäßig kommen?«

»Ich kann es nicht genau sagen, ich hatte schon damit angefangen, die Bücher wieder einzusortieren und aufzuräumen. Als ich um fünf meine Runde drehte, weil ich abschließen wollte, war nur noch der alte Mann da. Zuerst habe ich ihn nicht bemerkt, weil er auf der Empore saß und in seine Lektüre vertieft war. Aber dann hörte ich seine Stimme. Ich hab mich so erschrocken. Er hat wohl mit sich selbst geredet. Und dann …« Gesa de Boer stockte und fing an zu schluchzen. »Dann hab ich in die Hände geklatscht und laut gerufen: Feierabend! Raus jetzt hier. Ich wollte ihn nicht so erschrecken, aber er fuhr richtig zusammen. Ehrlich. Irgendwann ist ja auch Feierabend.«

»Und dann ist er sofort gegangen?«

»Nein. Er war aufgesprungen und hat eine Hand auf die Brust gelegt. Er war kreidebleich im Gesicht und ich wollte ihm helfen. Aber er hat mich zornig angefahren, ihn in Ruhe seine Arbeit machen zu lassen. Gut, hab ich mir da gesagt, dann gebe ich ihm noch ein paar Minuten. Er tat mir so leid, ich war wohl nicht besonders freundlich.«

»Hm. Haben Sie sich denn nicht um ihn gesorgt?«

»Nee. Nachdem er mich dermaßen angefahren hatte, dachte ich, so schlimm kann es nicht gewesen sein.«

»Und außer ihm war niemand mehr in dem Raum? Auch nicht nebenan oder in dem Lesesaal?«

»Nein. Oder die Person muss sich irgendwo versteckt haben.«

»Was haben Sie in der Zeit gemacht, die Sie ihm noch zugestanden haben?«

»Was man halt so macht. Den PC runtergefahren und so. Und ja, ich war noch schnell zur Toilette, das konnte nicht länger warten. Aber das hat keine fünf Minuten gedauert.«

»Haben Sie auf die Uhr geschaut, weil Sie das so genau wissen?«, fragte Bea unbarmherzig weiter.

»Nein, natürlich nicht. Aber als ich ihn erneut auffordern wollte zu gehen, da war es zwölf Minuten nach fünf.«

»Und da saß er immer noch seelenruhig oben und war am Lesen?«, fragte nun der Hauptkommissar.

Gesa de Boer zuckte mit den Schultern. Sie vergrub ihr Gesicht in den Händen und wurde von Weinkrämpfen geschüttelt. Bea versuchte, beruhigend auf sie einzuwirken, ließ sie eine Weile gewähren, lenkte das Gespräch dann aber wieder zurück zu dem Punkt, an dem Gesa stecken geblieben war.

»Vielleicht bin ich ja schuld an seinem Tod«, flüsterte sie. »Ich wollte ihn nur vorwarnen, dass ich wieder da bin, und aus dem Grunde habe ich dann einmal so richtig mit Schmackes auf die Klaviertasten gehauen. Er zuckte abermals zusammen, riss seine Tasche an sich, griff nach dem Geländer, aber dann fasste er sich ans Herz und dann muss er wohl die Balance verloren haben. Jedenfalls ist er mit dem Kopf auf die Stufen aufgeschlagen und dann unten so liegen geblieben, wie Sie ihn gefunden haben. Das Geräusch von dem Rumms, wie sein Kopf auf die Stufen geknallt ist, habe ich immer noch im Ohr.«

Jan Berg verfolgte mit schreckgeweiteten Augen die Schilderung des Unfallhergangs. Anschließend erkundigte er sich, ob sie das auch dem Arzt so beschrieben hatte.

»Nein. Man hat mich ja nicht gefragt.«

»Haben Sie mit Gretje Blom darüber gesprochen?«, hakte der Hauptkommissar nach.

Gesa hob die Schultern, sie konnte sich nicht erinnern, was sie den beiden Alten alles erzählt hatte. »Kann sein, aber ich glaube nicht.«

»Haben Sie denn nichts unternommen, um ihm zu helfen? Hat er noch etwas gesagt?«

»Ich bin zu ihm hin, aber er hat nur kurz aufgestöhnt und seltsame Laute von sich gegeben. So wie im Todeskampf. Und dann lag er nur noch da.«

»Sie kennen sich aus mit sterbenden Menschen?«

»Nein. Wieso?«

»Na ja, Sie sprachen gerade davon, welche Laute ein Sterbender von sich gibt. Es hörte sich so an, als sprächen Sie aus Erfahrung.«

Ein missglücktes Lächeln huschte über das hübsche junge Gesicht. »Das hab ich alles aus Büchern. Ich lese viel, ich bin Bibliothekarin.«

Bea nickte, ihre Erklärung leuchtete ihr ein.

»Verhaften Sie mich jetzt?«, fragte Gesa mit gebrochener Stimme. »Weil ich zu seinem Tod beigetragen habe?«

Bea Bissick reichte ihr ein neues Tempotuch, für heute war es wirklich genug. Die junge Frau hatte ihnen schon sehr weitergeholfen. »Nein. Sie müssen sich keine Vorwürfe machen, wahrscheinlich hatte er ein Herzleiden. Aber das konnten Sie ja nicht wissen. Es war wohl Schicksal.«

»Ja«, bekräftigte Jan Berg. »Schluss für heute. Haben Sie jemanden zu Hause, der sich um Sie kümmert?«

»Ja«, gestand Gesa, »Kristschen wartet bestimmt schon auf mich.« Sie kicherte völlig überdreht. »Kristschen Grey. Mein Kater.«

***

Da der Inselpolizist den Verstorbenen aus den vergangenen Sommern kannte, war ihm selbstverständlich die Pension bekannt, in der er immer die Ferien verbrachte.

»Wir müssen die Pensionswirtin informieren«, überlegte Jan Berg. »Sein unerwarteter Tod wird ein Schock für sie sein.«

»Lass uns das gleich erledigen. Bei der Gelegenheit sollten wir auch sein Zimmer in Augenschein nehmen«, schlug Bea vor. Dann dachte sie einen Moment nach und meinte, das hätte auch noch Zeit bis morgen. Ihr Kollege war allerdings anderer Ansicht. »In welcher Pension ist er denn untergebracht? Ist es weit von hier?«

»Wie lange bist du jetzt eigentlich schon auf der Insel?«, zog Jan sie auf. »Inzwischen solltest du bemerkt haben, dass es hier nichts weit Entferntes gibt. Höchstens das Wrack am Ostende. Die Pension liegt weiter hinten, in der Nähe der Milchbar.«

»Dann wollen wir mal«, seufzte Bea nach einem Blick auf die Uhr. Es war Freitagabend, kurz nach acht.

Kapitel 5

Dank Onnos Erinnerungsvermögen stand schon allerhand auf der Liste der SOKO Inselschreiber. Der alte Seebär hatte den ersten Besuch des Professors, der unbedingt einen waschechten Norderneyer Seefahrer kennenlernen wollte, noch genau vor Augen. Dieser hatte den Wunsch, von ihm zu lernen, wie man Seemannsgarn spinnt. Als er sich in der Friesenrose ein wenig umsah, waren sie über die Fotos an Onnos Wänden ins Gespräch gekommen und hatten sich später einen Schnaps genehmigt.

»Über Weiber haben wir gesprochen«, erinnerte sich Onno. »Die Rote Lola war ja auf einigen Fotos mit mir zusammen. Als ich ihm erzählt hab, wie die mich verarscht hat, fing er an, mir von seinem Singleleben vorzuschwärmen, das er unter der Fuchtel seiner Haushälterin führte. Hab den Drachen einmal kennengelernt«, mit Blick auf Gretje fuhr er fort, »ungefähr so ein Kaliber wie unsere Friesenrose.«

»Hatte er ein Verhältnis mit seiner Haushälterin?«, wollte Ida wissen.

»Dat hab ich ihn auch gefragt, aber da wär der bald an die Decke gegangen. Nein. Die war nur seine Perle, die immer ein Auge auf ihn hatte und ihn bemutterte.«

»Die müsste dann ja auch informiert werden, und dass sie sich einen neuen Job suchen muss«, brachte Piet es auf den Punkt, den er sogleich notierte. »Wenn die man nicht schon in Rente ist.«

Nachdem sie alles noch einmal reflektiert hatten, rückte Gretje damit heraus, dass Professor Dr. Düvel in ihren Armen gestorben war und seine letzten Worte sich um die Veröffentlichung seines Krimis drehten.

»Gretje! Und das sagst du uns erst jetzt?«, tadelte Leon sein altes Mädchen. »Sind unsere Inselpolizisten darüber im Bilde?« Leon konnte ihr ansehen, dass sie es verschwiegen hatte. »Das ist doch der entscheidende Hinweis, dass sein Tod kein Unfall war.«

»Da steckt mehr dahinter, das könnt ihr mir glauben. Das war Mord«, schnaubte Gretje. »Wollte ich unserm Kommissar ja schon sagen, aber man hat mich ja wieder einmal nicht zu Wort kommen lassen«, redete die alte Dame sich heraus. »Dann schreibe ich ihm eine *WartsAB*«, sagte sie und setzte es gleich in die Tat um.

Während sie auf eine Reaktion der Ermittler warteten, dachten sie darüber nach, wer von seinem Tod profitierte.

»Seine Nichte Sina auf alle Fälle. Er hat keine weiteren Verwandten mehr. Sie erbt einmal alles«, wusste Leon zu berichten. Während der Massage hatte sie sich zu so einer Bemerkung hinreißen lassen. »Er soll richtig dick Kohle haben und sie zerbricht sich schon jetzt den Kopf darüber, was sie mit so viel Geld machen soll, wenn er mal nicht mehr ist. Ich glaube, die beiden standen sich sehr nahe. Das war jedenfalls mein Eindruck. Vielleicht hab ich das aber auch falsch interpretiert. Hat sie sich denn immer noch nicht gemeldet?«

»Du meinst also, dass sie als Verdächtige ausfällt«, fasste Gretje zusammen.

Onno sah auf sein Handy, von der Nichte war immer noch keine Nachricht eingegangen.

»Hat sie dir vielleicht auch verraten, was sie den ganzen Tag so macht? Oder schreibt sie nachts? Was hat sie dir denn noch alles so verklickert?«

Vier Augenpaare waren auf Leon gerichtet. Er zog die Augenbrauen dicht zusammen und überlegte einen Moment. »Sie hat gesagt, dass sie immer sehr früh wach ist, und schon zwei Stunden an dem Manuskript arbeitet, bevor sie zu ihrem Onkel frühstücken geht und mit ihm die Fortschritte bespricht und Unklarheiten beseitigt. Das kann sie euch doch am besten selbst erzählen. Warum fragt ihr sie nicht direkt?«

»Na ja. Uns gegenüber ist sie nicht so aufgeschlossen. Wir sind ihr anscheinend zu alt. Die steht wohl mehr auf knackige Kerle«, sagte Gretje. »So wie ich auch«, kam es kichernd von ihr hinterher.

»Stimmt. Sie hat auch was von einem Typen erzählt, den sie auf der Insel kennengelernt hat. Mit dem scheint sie viel unterwegs zu sein. Ist doch schön, wenn man das Angenehme mit dem Nützlichen verbinden kann.«

Die SOKO Inselschreiber war ins Stocken geraten. Gretje war drauf und dran, oben, in Zimmer Nummer fünf herumzuspionieren. Nur Onnos resolutes *Nein*, konnte sie von ihrem Vorhaben abhalten. Außerdem war es zu riskant, sie mussten ja damit rechnen, dass die Bewohnerin jeden Augenblick zurückkehrte.

»Pling«, tönte plötzlich Gretjes Smartphone. Jan Berg hatte geantwortet und seinen Besuch für den nächsten Morgen angekündigt.

»Wir müssen dringend mit der Nichte des Professors sprechen und sind um halb acht bei euch«, las Gretje vor.

»Kaffee zum Frühstück?«, antwortete Gretje und bekam prompt ein Ja mit drei Ausrufungszeichen. Dazu die ausdrückliche Bitte, Sina nicht gehen zu lassen, bevor sie eintrafen.

»Jau, Herr Inselkriminalist. Und ich hab dir auch noch was Wichtiges zu sagen. Es geht nämlich bei dem Fall wieder einmal um Mord!«, schrieb sie ihm.

Kapitel 6

Gunda Uckena war in ihrer Pension noch mit Papierkram beschäftigt, als die Beamten bei ihr aufliefen. Verwundert sah sie Jan Berg an, der seinerzeit mit ihr die Schulbank gedrückt hatte. So lange, bis sie zur Hotelfachschule aufs Festland wechselte. Sie beide waren echte Inselkinder und wollten es auch bleiben.

»Was verschafft mir denn um diese Zeit die Ehre eures Besuchs?«, begrüßte sie Jan Berg und die Polizistin, die sie misstrauisch beäugte.

Der Hauptkommissar sog hörbar die Luft ein, sah Gunda an und fragte, ob sie ungestört in einem anderen Zimmer miteinander reden könnten.

Gunda wies mit dem Kopf auf die Tür hinter sich und ließ sie in ihrem Büro Platz nehmen. »Bin gleich bei euch. Muss nur noch schnell ein paar Sachen erledigen.«

Bea und Jan mussten nicht lange in dem kleinen, mit Aktenordnern angefüllten Raum auf die Hausherrin warten. Solange sie allein waren, sahen sie sich ein bisschen um.

»Da steckt System drin«, bemerkte Bea in Anbetracht der fein säuberlich beschrifteten Ordner. Alles hatte seinen festen Platz, selbst die Bilder.

»So war sie schon immer. Wir waren zusammen in der Schule«, klärte Jan Berg seine Kollegin auf. »Das liegt bei denen in der Familie. Ist aber nicht weiter schlimm, Gunda ist trotzdem ganz okay. Die hat mich immer abschreiben lassen, sonst wäre ich nicht so problemlos durch die Schulzeit gerutscht.«

Bea zog eine Augenbraue hoch, ihr lag schon eine Bemerkung auf der Zunge. Aber da ging auch schon die Tür auf und Frau Uckena erschien mit einem Tablett, auf dem Tee und ein kleiner Imbiss angerichtet war.

»So, eine kleine Stärkung können wir sicher alle brauchen. Tagsüber komme ich ja kaum dazu, einen Happen zu essen«, ließ sie die Beamten wissen. »Ist bei euch bestimmt auch nicht anders. Seid ihr denn immer noch im Dienst?« Sie sah auf die Uhr und bemerkte nebenbei, dass sie nichts lieber wollte, als nach Hause zu gehen. Sie selbst wohnte nicht in der Pension, sondern mit ihrer Familie in einem schmucken Häuschen, etwas entfernt von dem letzten Strandlokal.

»Leider«, nickte Jan Berg und stärkte sich mit einem üppig belegten Wurstbrötchen. Auch Bea Bissick griff beherzt zu. Sie war schon eine ganze Weile megaangespannt, was hauptsächlich von ihrem knurrenden Magen herrührte.

»Was ist denn los?«, fragte Gunda beunruhigt. »Hat einer meiner Gäste etwas angestellt?«

»Nein. Das nicht. Aber dein alter Stammgast, Dr. Düvel, hatte einen Unfall.«

»Der Professor?« Sie hielt im Kauen inne und starrte die Ermittler erschrocken an. »Liegt er im Krankenhaus? Mein Gott, was hat der olle Düvel denn nun wieder angestellt? War bestimmt wieder alles Recherche?«

Bea musste unwillkürlich grinsen, auch wenn sie selbst wusste, wie unpassend das war. »Hat er Ihnen von seinen Ambitionen als Autor erzählt?«, fragte sie als Nächstes.

»Sicher. Jeden Morgen nach dem Frühstück hat er mich auf den neuesten Stand gebracht. Wenn seine Nichte wieder weg war. Die muss das ja alles in eine vernünftige Form bringen. Wird er denn lange im Krankenhaus bleiben müssen?«

»Gunda, es ist nicht, was du denkst, sondern viel schlimmer«, sagte Jan Berg mit einem Gesichtsausdruck, der nichts Gutes verhieß. »Professor Dr. Düvel ist unglücklich gestürzt, er ist tot.«

Die Pensionswirtin schlug sich die Hände vors Gesicht und stieß einen Schrei aus, den man mit Sicherheit an der

Rezeption hören konnte. Anschließend nippte sie an ihrem Wasser und wiederholte, was Jan Berg soeben gesagt hatte.

Bea gab so sachlich wie möglich wieder, was sich in der Bibliothek zugetragen hatte. »Wissen Sie, ob er Medikamente nehmen musste? Hat seine Nichte eigentlich auch ein Zimmer bei Ihnen?«

»Nein, wir sind immer lange im Voraus ausgebucht. Seine Nichte hat er bei dem ollen Griesgram, bei Onno Fokken in der Friesenrose untergebracht. Eigentlich vermietet der ja nicht, aber der Professor hatte komischerweise einen guten Draht zu ihm. Onno Fokken ist ein wenig speziell, müssen Sie wissen«, sagte sie zu Bea Bissick. »Der lebt da in einer Senioren-WG. Also, nicht immer. Aber immer öfter hat er die heimliche Inseldetektivin mit ihrem Lover zu Besuch. Und dann wohnt da auch noch so ein Bademeister, oder was der macht«, plauderte sie munter weiter. »So ein junger Kerl, der den Frauen den Kopf verdreht. Ist aber auch wirklich ein Schnuckelchen. Man hört allerdings, dass der mit der Ida fest zusammen ist. Jan, du kennst Ida doch, die aus dem Sanddornladen.«

Jan Berg fiel es schwer ernst zu bleiben, er kannte die Verhältnisse in der Friesenrose nur zu gut.

»Das würde mich nicht wundern, wenn diese Inseldetektivin, ich glaub, die heißt Gretje, wenn die zurzeit wieder bei Onno ist. Das Weib bringt nur Unglück über die Insel. Es ist wirklich seltsam, aber immer, wenn die da ist, dann passieren hier merkwürdige Sachen.« Gunda Uckena war in ihrem Redefluss kaum zu bremsen.

»Was denn für merkwürdige Sachen?«, stellte Bea sich ahnungslos.

»Die Leute sterben auf unnatürliche Art und Weise. Wenn die da man nicht ihre Finger im Spiel hat?«

»Na, na. Wir wollen doch keine Gerüchte in die Welt setzen. Nicht wahr, Frau Uckena?«

»Wie kommen Sie denn da darauf? Ich bin die Letzte, die so etwas tun würde. Aber der Onno, der ist trotzdem ein komischer Kauz. Das sagen alle hier, das ist kein Gerücht.«

»Kann es sein, dass Sie ihn nicht mögen? Gibt es dafür einen besonderen Grund?«, erkundigte sich die Hauptkommissarin.

Gunda beantwortete die Frage mit einem Schulterzucken und kam dann darauf zu sprechen, dass der Professor im letzten Jahr am Herzen operiert worden war und natürlich entsprechende Medikamente einnehmen musste. »Aber der hat sich danach so gut wieder berappelt und ist wie in jedem Jahr ständig auf Achse. Vögel gucken und sich mit Insulanern verabreden. Der spendet ja jedes Jahr eine größere Summe für einen guten Zweck. Da will er natürlich wissen, wohin sein Geld geht.«

»Sie sind ja gut informiert«, meinte Bea Bissick.

Gunda fühlte sich geschmeichelt und verriet, dass der Professor seit vielen Jahren die Insel besuchte und immer in ihrer Pension wohnte.

»Aber so lange führen Sie das Haus doch sicher nicht. Dafür sind Sie noch zu jung.«

»Natürlich nicht. Ich war noch ein Kind, als ich den Professor kennenlernte. Die Pension gehörte meinen Eltern und ich habe sie vor einigen Jahren übernommen. Wir Uckenas besitzen noch weitere Ferienhäuser, das ist ein Familienbetrieb. Jeder meiner Geschwister hat auch ein Haus geerbt, als meine Eltern im Alter beschlossen haben, sich die Welt anzusehen.«

»Ist bestimmt viel Arbeit, so eine große Pension gut zu führen und in Schuss zu halten«, kommentierte Bea Bissick. Dann bat sie darum, sich das Apartment des Professors anzusehen.

»Sicher können sie das. Aber wollen Sie vorher nicht lieber mit seiner Nichte sprechen? Weiß die schon Bescheid?« Ohne eine Antwort abzuwarten, nahm sie aber dann den Schlüssel vom Haken und führte die Ermittler zu seiner Unterkunft.

»Sehen Sie sich ruhig um. Wenn Sie fertig sind, legen Sie den Schlüssel einfach in den Kasten an der Rezeption. Ich kann leider nicht länger bleiben, zu Hause gibts ja auch noch allerhand zu erledigen. Und …, wenn Sie noch mehr über ihn wissen wollen, dann kommt einfach vorbei. Antonius gehörte ja schon fast zur Familie. Ich kann euch wahrscheinlich mehr aus seinem Leben erzählen als seine Haushälterin. Soll ich Ihnen die Telefonnummer von ihr aufschreiben?«

»Das wäre ja super«, sagte Jan Berg und reichte ihr einen der vielen Stifte, die im Zimmer herumlagen. »Danke, Gunda. Du hast uns schon mal sehr geholfen.«

»Da nicht für. Ich kann das noch gar nicht glauben, dass der nie wieder bei uns sein wird.« Gunda wischte sich über die Augen, dann verließ sie das Apartment, endlich waren die Beamten allein.

»Redet die immer so viel?«, fragte Bea.

»Hmm«, brummelte Jan Berg. »Die war schon in der Schule als Klatschtante verschrien, die immer alles wusste und es jedem erzählte.«

Sie inspizierten den Wohnraum und den angrenzenden kleinen Schlafraum, warfen einen Blick in das Bad und auch in den Strandkorb, der die Hälfte des Balkons einnahm.

»Hübsch hier«, stellte Bea fest. »Bestimmt nicht ganz billig.«

»Von nix kommt auch nix. Aber der Professor hat wahrscheinlich einen Stammkundenrabatt bekommen.«

»Lass uns für heute Feierabend machen. Wir können uns das Zimmer morgen noch mal in aller Ruhe ansehen«, sagte Bea Bissick. »Es hat ja keine Eile. Fischbrötchen?«

»Fischbrötchen und Feierabendbier!

Kapitel 7

Vergeblich warteten Gretje Blom und ihre Freunde auf die Nichte des Professors, die sich immer noch nicht gemeldet hatte. Es war schon spätabends.

»Hoffentlich ist sie nicht das nächste Opfer«, meinte Gretje. »Wenn der Tod des Professors mit seinem Krimi zu tun hat, dann wäre das ja nur logisch. Schließlich kennt Sina die Story und ist im Besitz des roten Diktiergeräts.«

Ihre Jungs belächelten die Fantasien ihrer Miss Marple. Sie taten ihr Gerede als dummes Zeug ab.

»Wir sollten allmählich schlafen gehen«, entschied Onno Fokken. »Das Wicht wird schon auftauchen. Wenn die sich verknallt hat, dann ist sie bestimmt noch bei dem Kerl.«

»Und sie hat keine Ahnung, was geschehen ist«, ergänzte Piet trocken. Er gähnte seit geraumer Zeit, es war alles ein bisschen viel gewesen. »Dann sollten wir Sina mit der Wahrheit bis morgen verschonen. Gute Nacht zusammen.«

Onno, Piet und Gretje verzogen sich auf ihre Zimmer, nur Leon und Ida waren noch nicht müde. Sie wollten einen Spaziergang über die Strandpromenade machen und den Abend in einem nahe gelegenen Lokal ausklingen lassen.

Es war noch nicht einmal sechs Uhr, als Gretje von Onnos Küchengeräuschen aufwachte. Er war immer der Erste und wie selbstverständlich bereitete er das Frühstück für alle zu.

»Moin, was bist du heute früh dran?« Gretje setzte sich in ihrem geblümten Morgenmantel zu dem ollen Brummbär in die Küche und freute sich über den Pott Kaffee, den er ihr sogleich vorsetzte.

»Nicht, dass uns Sina entwischt«, begründete der Ostfriese seine morgendlichen Aktivitäten. »Ich hab das wohl mitgekriegt, als sie sich letzte Nacht um zwei Uhr nach oben geschlichen hat.«

»Mannomann. Und ich dachte schon, du hörst schlecht«, nahm Gretje ihren alten Freund hoch. »Dann kann das ja ein lustiges Frühstück werden. Hast du vorher schon mal 'ne Stulle für mich?«

»Mach ich dir. Was willste denn drauf haben, meine lütje Friesenrose?«

Wenig später vernahmen die beiden Senioren zuerst das Geräusch der Zimmertür von Nummer fünf, danach das gedämpfte Knarren der Treppenstufen. Völlig geräuschlos konnte man unmöglich in die weiteren Geschosse gelangen.

»Hast du das auch gehört?«, vergewisserte Onno sich. Gretje nickte. Gerade noch rechtzeitig war Onno im Flur, Sina hielt schon den Türknauf in der Hand, sie wollte das Haus verlassen.

»Stop. Hiergeblieben!« Onno versperrte der jungen Frau die Tür. Dank seiner Leibesfülle war es ihr unmöglich, an ihm vorbeizuhuschen. »Komm mal mit, mien Wicht«, sagte er dann etwas freundlicher. »Du kannst heute nicht mit deinem Onkel frühstücken. Wir müssen was besprechen.«

Sina blickte überrascht zu Onno auf. In seinen Augen waren keine Anzeichen von Schalk zu erkennen, also folgte sie ihm und setzte sich zu Gretje an den Küchentisch.

»Was ist denn los? Seid ihr sauer, weil ich so spät nach Hause gekommen bin? Ich war doch ganz leise.« Abwechselnd sah sie von Gretje zu Onno. Beide schüttelten den Kopf.

»Hab ich was verbrochen? Habe ich gegen die Hausregeln verstoßen?«, fragte sie nun den Hausherrn direkt. »Onkel Toni erwartet mich. Also, was wollt ihr von mir?«

»Setz dich erst mal«, forderte Gretje sie auf und stellte ihr ein Frühstücksgedeck hin. »Was du nachts machst, das ist deine Sache, das interessiert uns nicht. Aber dass du auf meine *WartsAb* nicht geantwortet hast, das nehme ich dir

41

schon übel. Hast wohl 'nen Schnuckelchen auf der Insel aufgetan?«

Sina kroch eine leichte Röte ins Gesicht, die kam sicher nicht von dem dampfenden starken Kaffee. »Manchmal muss man das Handy nun mal ausschalten. Ihr wisst schon …«, redete sie sich raus.

»Verstehe«, kommentierte Gretje. »Aber es war wirklich wichtig. Dein Onkel hatte nämlich einen Unfall, und …«

Sina riss ihre Augen auf, die zwar übernächtigt, aber überaus glücklich dreinschauten. »Liegt er im Krankenhaus? Kann ich deshalb nicht mit ihm frühstücken?«

Onno knurrte etwas, das Sina aber nicht richtig verstand. Hilfesuchend sah er Gretje an, die sich ein Herz fasste und von dem tragischen Unglücksfall in der Bibliothek berichtete.

»Onkel Toni ist tot? Das geht doch gar nicht! Der ist ja noch nicht fertig mit seinem Krimi. Was soll denn daraus werden? Dann war meine ganze Arbeit umsonst?«, flüsterte Sina. »Ich habe ihn doch gestern noch hinbegleitet, zur Bibliothek.«

Nach diesem Gefühlsausbruch versank sie in Schweigen. Es währte minutenlang und wurde erst unterbrochen, als Piet zum Frühstück nach unten kam. Er erfasste die Situation und sprach Sina sein Beileid aus.

»Kann ich ihn noch einmal sehen? Wo ist er denn jetzt? Im Krankenhaus? Oder wo?«

»Das werden dir sicher unsere Inselpolizisten sagen können. Wir haben Jan Berg und seine Kollegin Bea Bissick zum Frühstück eingeladen, weil sie noch ein paar Fragen an dich haben.«

»Was denn für Fragen?«

Gretje zuckte die Schultern, das konnte sie auch nicht beantworten. Nach einem Blick auf die Uhr meinte sie, es könne nicht mehr lange dauern, bis sie einträfen.

Sina saß wie versteinert vor ihrem Kaffee, der längst nicht mehr heiß war. Erst nachdem Gretje sie mehrmals auf das rote Diktiergerät angesprochen hatte, reagierte sie.

»Wie kommst du denn darauf? Darüber hat er mit niemandem gesprochen. Er hatte mehrere. Das rote war sein Heiligtum, das sollte ich mir heute Morgen abholen, damit ich den Schluss abtippen kann.«

»Da waren geheime Informationen drauf. Stimmt's? Du hast es nicht?« Gretje runzelte die Stirn, ihr Verdacht bestätigte sich immer mehr.

»Wenn du es nicht hast, dann muss es noch beim Professor sein. Oder könnte er es jemand anderem zur Verwahrung gegeben haben?«

»Nein. Das hatte entweder er oder ich. Das hätte er niemals aus der Hand gegeben. Er hat es auch nie in seiner Pension im Zimmer liegen lassen. Aber woher wisst ihr davon?«

»Komm mal mit, mien Wicht«, sagte Gretje zu ihr und nahm die verstörte junge Frau mit in ihr kleines Reich in der Friesenrose. Hier erzählte sie Sina von den letzten Worten des Verstorbenen und von ihrem Versprechen, den Krimi zum Abschluss zu bringen und auf der Insel in die Buchhandlung. »Dazu brauche ich aber deine Hilfe, Sina.« Fragend sah Gretje sie an. »Du machst das doch?«

Sina nickte stumm. »Und ich hab schon geglaubt, ich finde hier mein Glück.« Mit Tränen in den Augen vertraute sie Gretje an, dass sie sich Hals über Kopf in einen Insulaner verliebt hatte.

»Das ist doch schön, wenn du jemanden an deiner Seite hast, bei dem du dich gerade jetzt anlehnen kannst und der für dich da ist. Hat dein Onkel eigentlich noch mehr Verwandte?«

»Nur noch meinen Papa, also seinen Bruder. Aber die beiden haben seit Jahren kein Wort mehr miteinander gesprochen. Warum, das weiß ich nicht. Onkel Toni stand mir auch immer viel näher als mein Vater, wahrscheinlich liegt das daran, dass er zwölf Jahre jünger ist. Mein Vater war schon über fünfzig, als ich geboren wurde.«

Als es an der Tür klingelte, gingen Gretje und Sina zurück zu den anderen. Sina schniefte immer noch, versuchte aber, sich zusammenzureißen.

Die beiden Hauptkommissare waren superpünktlich und hatten sogar an die Brötchen gedacht.

»Denn man rein, in die gute Stube«, begrüßte Onno die Amtspersonen und zeigte auf die Plätze Sina gegenüber.

Bea Bissick stellte sich der Nichte mit ihrem Dienstgrad vor und sprach der jungen Frau ihr Beileid aus. Jan Berg machte sich ebenfalls bekannt und informierte Sina, dass sie die Pensionswirtin schon unterrichtet hatten.

»Wo ist mein Onkel denn jetzt? Ich möchte ihn gern noch einmal sehen«, forderte sie.

»Das geht leider nicht mehr. Er ist schon auf dem Weg aufs Festland, zur KTU nach Oldenburg.«

»Wieso? Was ist das?« Sina rührte nichts Essbares an, sondern trank einen Kaffee nach dem anderen.

»KTU, das ist eine kriminaltechnische Untersuchung. Wir wollen doch sichergehen, dass es wirklich ein Unfall war.«

Gretje räusperte sich, dann warf sie ein: »Ich glaube nicht an einen Unfall. Entschuldige Sina, wenn ich das so offen sage, aber ich denke, da hat jemand nachgeholfen. Jemand, der verhindern will, dass der Krimi veröffentlicht wird und irgendwelche düsteren Geheimnisse ans Tageslicht kommen.«

Bea warf Gretje einen vernichtenden Blick zu. »Wieso befürchtest du schon wieder ein Verbrechen? Hast du dafür Beweise?«

»Beweise nicht. Aber ich habe noch mit ihm gesprochen, bevor er seinen letzten Atemzug aushauchte.«

»Ach, das ist ja interessant. Die Bibliotheksmitarbeiterin behauptet, er war sofort tot.«

»Die war doch völlig überfordert. Das habt ihr doch selbst gesehen. Jedenfalls hat der Düvel von einem roten Diktiergerät gesprochen. Da müssen wichtige Informationen und das Schlusskapitel des Krimis drauf sein. Und Sina sagt, sie hat es nicht. Habt ihr es nicht bei seinen Sachen gefunden?«

Gretje hörte sich an, als leitete sie ein Verhör. Zu Sina sagte sie: »Ich habe Fotos von deinem Onkel gemacht, ich gehe davon aus, er hätte nichts dagegen gehabt. Wenn du willst, dann zeige ich sie dir.«

Sina Düvels Hände fingen an zu zittern, als sie nach Gretjes Handy griff.

»Aber erst isst du wenigstens ein halbes Brötchen. Magst du Käse?« Gretje wartete die Antwort nicht ab, sie belegte zwei Hälften und stellte sie der jungen Frau vor die Nase. »Erst wird gegessen. Das hätte dein Onkel auch so gewollt.«

Piet bestätigte den Beamten, dass Gretje sich das nicht ausgedacht hatte. Er stand schließlich in ihrer Nähe und hatte selbst gesehen, wie die Augenlider des Professors anfingen zu flattern, und er noch einmal die Augen öffnete.

Bea und Jan ließen Sina in Ruhe, solange sie am Essen war und auch, als sie Gretjes Fotos mit starrem Blick betrachtete. »Ich habe geglaubt, das hat Onkel Toni sich alles ausgedacht. Sein Gerede habe ich nicht immer so ernst genommen. Er war ja schon manchmal ein komischer Kauz. Aber ein total liebenswerter, komischer Kauz«, brachte sie schluchzend hervor. »Haben Sie das Diktiergerät denn nicht bei seinen Sachen gefunden?«

»Es ist uns jedenfalls nicht aufgefallen. Er hatte Notizbücher und Stifte dabei«, sagte Jan Berg. Dann rief er die junge Kollegin Swantje Robben auf dem Revier an und bat sie, ihm eine Liste der persönlichen Dinge zuzusenden. »Und noch was, Swantje. Sei so gut und mach mal eine Zusammenstellung, wen der Professor hier alles getroffen hat, und auch, welche Leute er auf der Insel kennt.«

»Der kennt inzwischen Gott und die Welt«, mischte Onno sich ein. »Das wird eine lange Liste. Ein paar Leute kann ich euch auch wohl sagen.«

»Wir hören«, kam es von Bea Bissick, die sofort ein Notizbuch aufschlug.

»Mannomann, wo soll ich denn anfangen?«

»Fang einfach an.«

»Mich kannte er schon lange. Und dann natürlich die Gunda von der Pension. Dich ja auch, Jan. Er hat auch immer gern mit dem Inselausrufer geschnackt und war oft im Archiv. Da kennt man ihn ebenfalls. Und den Bürgermeister und den Vorsitzenden vom Heimatverein.«

Bea schrieb eifrig mit. »Danke Onno, das ist uns schon mal eine Hilfe.«

»Wann haben Sie Ihren Onkel denn zum letzten Mal gesehen?«, fragte Jan Berg.

Sina Düvel erzählte, dass sie ihn nachmittags noch bis zur Bibliothek begleitet hatte. »Da haben wir uns getrennt. Toni sagte noch, er würde mir heute früh das andere Diktiergerät geben und hat mir noch etwas Geld zugesteckt. Ich sollte mir einen schönen Abend machen. Er war immer so großzügig.«

»Und, haben Sie sich einen schönen Abend gemacht?«

Sie schluchzte herzerweichend und fing an zu erzählen, dass sie noch in der Milchbar gesessen und an dem Manuskript geschrieben hatte. »Und dann kam mein

Bekannter und wir haben uns den Sonnenuntergang angesehen und dann waren wir noch bei ihm.«

»Das kann er sicher auch bezeugen.«

»Wieso bezeugen?« Sina war nun vollends verwirrt, die SOKO Inselschreiber allerdings auch.

»War 'ne reine Routinefrage. Ich ziehe sie zurück«, sagte Bea. Sie wollte noch weitere Erkundungen anstellen, doch nun schrillte Onnos Telefon. Er stemmte sich von seinem Stuhl hoch und knurrte in den Hörer: »Onno Fokken. Ich vermiete nicht!«

Die harsche Begrüßung sorgte für einen Lacher in der Frühstücksrunde, aber dann spitzten alle die Ohren. »Was willst du denn von mir?«, brummelte er noch unfreundlicher ins Telefon und übergab Sina den Hörer. »Ist für dich.«

Kapitel 8

Zusammen mit Sina machten sich die Inselpolizisten nach ihrem Abstecher in der Friesenrose auf den Weg zur Pension Wellenreiter.

»Darf die das überhaupt?«, erkundigte Sina sich bei den Beamten. Sie war immer noch fassungslos über die dreiste Forderung der Vermieterin, das Appartement ihres Onkels bis Montag zu räumen, damit sie es weitervermieten könnte. »Onkel Toni hat die Unterkunft im Voraus bezahlt, ich hab die Belege selbst gesehen. Für zwei Monate. Könnte ich nicht rein theoretisch da einziehen und die restliche Zeit abwohnen?«

»Das sehe ich genauso«, sagte Jan Berg. »Aber das ist typisch für Gunda. Machen Sie sich mal keine Sorgen, ich werde ihr das schon ausreden.«

Sie hatten ihr Ziel fast erreicht, als Jan Berg von der Kollegin Swantje Robben angerufen wurde. Die Ergebnisse der Obduktion lagen vor. Er musste dringend ins Polizeirevier, den Bericht wollte er sich selbst ansehen. Er informierte Bea über das Wesentliche und verabschiedete sich für die nächste Stunde von den beiden Frauen.

»Überleg dir das gut, ob du wirklich in der Hinterlassenschaft des Professors deine Nächte verbringen willst. Ich könnte das nicht«, riet Bea Bissick ihr.

Sina erwiderte nichts daraufhin, sie schien sich die Situation durch den Kopf gehen zu lassen. Als sie das Haus Wellenreiter erreicht hatten, stand für sie fest, dass sie die Nächte weiterhin in der Friesenrose verbringen wollte. Tagsüber wollte sie jedoch die angenehmen Räumlichkeiten ihres Onkels zum Schreiben nutzen. Balkon mit Meerblick und der Strandkorb waren schon sehr verlockend.

»Das wird ihr bestimmt nicht gefallen. Aber rein rechtlich kann sie Ihnen das nicht verbieten«, sprach Bea ihr Mut zu.

»Hey Immo, was machst du denn hier?« Mit leuchtenden Augen strahlte Sina einen sonnengebräunten Typen an. Es war ihre neue Bekanntschaft, von der sie Gretje erzählt hatte.

Bea beobachtete die beiden und schmunzelte in sich hinein. Man musste Sina nur ansehen, um zu wissen, dass sie bis über beide Ohren in den Mann verliebt war.

»Immo Uckena«, stellte er sich Bea Bissick vor. Er legte beschützend seinen Arm um Sinas Schultern und sprach ihr sein Beileid aus. »Ich habe von dem Unfall deines Onkels gehört. Schrecklich ist das, einfach furchtbar! Als ich davon erfahren habe, hab ich mich sofort auf den Weg gemacht, meine Süße. Du kannst bestimmt eine starke Schulter zum Anlehnen brauchen.«

Dankbar sank sie in seine Arme, sichtlich bemüht, nicht sofort loszuheulen.

»Ich helfe dir gern dabei, sein Zimmer zu räumen. Der Professor hat ja ganz schön viel Gepäck mitgebracht.«

»Und woher wissen Sie das? Ich bin übrigens Hauptkommissarin Bea Bissick. Bissick mit ck am Ende«, stellte sie sich vor. »Haben Sie sich das Zimmer von Professor Dr. Düvel angesehen?« Die Hauptkommissarin schaute Sinas Verehrer misstrauisch an. Er war ihr ein bisschen zu voreilig mit seinem Getue und dem Hilfsangebot. Diese rührende Großherzigkeit, obwohl er Sina gerade erst kennengelernt hatte, wirkte auf sie gekünstelt. Sie misstraute dem Insulaner.

»Ja, ich habe mir das Apartment angesehen, wenn Sie nichts dagegen haben.«, antwortete er überheblich. »Meine Schwester ist die Besitzerin der Pension, sie hat mich gestern Abend sofort angerufen und mir von dem Unglück erzählt. Nun müssen wir halt das Beste draus machen.«

»Ach?« Bea kniff die Augen zusammen. »Und was ist das Beste?«, provozierte sie ihn. Immo hielt Sina noch fester im Arm, was ihr offensichtlich unbehaglich war. Ihr Widerstand entging Bea nicht. »Wollen Sie damit andeuten, dass es das Beste ist, das Apartment sofort wieder neu zu vermieten?«

In Immos Augen blitzte Spott auf. »Was verstehen Sie schon von der freien Wirtschaft? Wir Insulaner müssen ums Überleben kämpfen, im Gegensatz zu Ihnen. Bei Ihnen ist ja alles wunderbar geregelt, auch dann noch, wenn Sie in den Ruhestand gehen und eine dicke Beamtenpension kassieren.«

Bea warf den Kopf in den Nacken, straffte die Schultern und sagte mit einem herausfordernden Blick: »Das Apartment wird nicht weitervermietet, solange es bezahlt ist. Und das sind immerhin noch drei Wochen.«

»Das stimmt«, piepste nun auch Sina zustimmend. »Ich würde da gerne tagsüber arbeiten. Onkel Tonis Unterlagen sind alle bei ihm, da kann ich ganz in Ruhe den Krimi fertigstellen.«

»Ach mein Schätzchen, das ist bestimmt sehr schmerzhaft für dich, wenn du ständig an deinen lieben Onkel erinnert wirst. Willst du nicht lieber in meiner Pension ein Zimmer beziehen? Dann können wir uns auch viel öfter sehen und zusammen frühstücken.«

»Sie haben auch ein Gästehaus?«, erkundigte sich Bea.

Immo nickte und erzählte stolz, dass ihm die Inselperle gehörte.

»Echt? Das hast du mir ja gar nicht gesagt.« Sina stieß einen ehrfürchtigen Laut aus.

»Ich wollte nicht, dass du mich für einen Angeber oder Schaumschläger hältst«, rechtfertigte Immo seine Heimlichtuerei.

»Wollen wir nicht erst einmal hineingehen«, schlug die Kommissarin vor. »Und das Zimmer des Verstorbenen begutachten Sina und ich allein. Sie könnten in der Zeit schon mal Ihre Schwester darüber aufklären, dass sie nicht damit durchkommt, das Zimmer vor Ablauf des Buchungszeitraums neu zu vermieten. Alles klar?«

»Sina, sag du, dass du mich an deiner Seite haben willst. Lass dich doch nicht wie ein unmündiges Kind behandeln! Du bist doch eine erwachsene Frau, die selbst entscheiden kann, was sie will.«

Sina wand sich aus seinem Arm. Wie um Verzeihung bittend blickte sie ihn an. »Ja, ich kann ganz gut für mich allein entscheiden. Ich gehe allein in die Räumlichkeiten meines Onkels. Ganz allein. Immo, dein Angebot ist sicher lieb gemeint, aber das kommt für mich nicht infrage. Ich bleibe hier im Wellenreiter, solange es bezahlt ist. Das verstehst du doch?«

Der gut aussehende Insulaner zog die Augenbrauen eng zusammen, sein Mund wurde zu einer schmalen Linie, dann presste er hervor: »Wenn du meinst, Sina-Schatz. Ich kann dich nicht zu deinem Glück zwingen.«

Da sie von ihrem Onkel einen zweiten Schlüssel bekommen hatte, lief sie gleich hinauf, in die Schreibstube des Schriftstellers. Auf eine Begegnung mit der Wirtin war sie nicht besonders scharf. Der dusseligen Kuh würde sie bei passender Gelegenheit noch ein paar Takte erzählen.

»Wenn Sie mich brauchen«, rief Bea Bissick ihr hinterher, »ich bin hier unten und unterhalte mich noch ein bisschen mit Herrn und Frau Uckena. Wenn ich gehe, gebe ich Ihnen Bescheid.«

»Lasst mich doch alle in Ruhe!«, rief Sina zornig und stapfte die Stufen hoch.

***

51

Auf dem Polizeirevier wurde Hauptkommissar Jan Berg von der jungen Kommissarin Swantje Robben erwartet. Mit dem typischen Diensteifer eines Neulings hatte sie alles zusammengetragen, was sie über den Verstorbenen herausgefunden hatte. Eine lange Liste mit Kontakten auf der Insel und wenige Personen aus seinem privaten Umfeld standen darauf.

»Moin Chef! Was sagste denn dazu, dass der Düvel nicht an dem Sturz gestorben ist, sondern an Herzversagen?«

»Kein Genickbruch? Dr. Feldmann war sich doch so sicher mit seiner Diagnose. Zeig mal her.«

Der Inselpolizist las den Befund der Obduktion, der schneller eingegangen war, als erwartet.

Swantje rollte bei dem Namen Feldmann nur mit den Augen. Für sie war der Mediziner lediglich ein eingebildeter Lackaffe mit übersteigertem Geltungsdrang.

»Dem ist das doch so was von schnurzegal, woran einer stirbt. Hauptsache, er kann seine Show abziehen und einen auf Schlauberger machen. Der Düvel hatte eine Herz-OP und musste entsprechende Medikamente nehmen. Betablocker und so. Du weißt schon. Vielleicht hat er es im Urlaub damit nicht so genau genommen. Oder glaubst du etwa das dumme Zeugs, das deine Gretje dir erzählt?«

»Vorsicht Swantje!«, ermahnte er sie. »Du begibst dich grad auf ganz dünnes Eis.«

»Ist ja schon gut, Chef. Du glaubst also, dass es kein natürlicher Tod war?«

»Nun, ich habe gute Gründe, das anzuzweifeln.«

Bei einem Kaffee erzählte er Swantje von den letzten Worten des Verstorbenen, die er zu Gretje gesprochen hatte.

»Kannst du dir vorstellen, dass man daran sterben kann, wenn einen jemand erschreckt?«, fragte er seine Kollegin.

»Es gibt nichts, was es nicht gibt«, konterte sie mit einem schlauen Spruch, den Jan Berg selbst gern von sich gab.

»Aber mal im Ernst, wenn jemand herzkrank ist, dann kann ich mir das schon vorstellen.«

»Die Bibliothekarin hat Angst, dass sie ihn zu Tode erschreckt haben könnte. Als sie die Bücherei gestern schließen wollte, hat sie mit Schmackes auf die Klaviertasten gehauen, weil er immer noch so versunken auf der Empore saß und sie nicht wahrnahm.«

»Dann haben wir doch schon einen Schuldigen«, meinte Swantje. »Aber Klavierspielen ist ja nicht verboten, das ist ja kein richtiger Mord. Das ist ja noch nicht einmal Beihilfe zum Mord. Das ist einfach dumm gelaufen. Was wird denn aus seinem Krimi?«

»Seine Nichte hat vor, ihn fertig zu schreiben. Ihr fehlen nur noch die letzten Aufzeichnungen, die auf besagtem rotem Diktiergerät sein sollten.«

»Habt ihr euch eigentlich seine Medikamente mal angesehen? Die kann man doch bestimmt austauschen oder durch Placebos ersetzen?«

»Swantje! Nun male nicht den Teufel an die Wand.«

»Ich mein ja nur. Auf der Polizeischule hab ich gelernt, dass man nichts ausschließen darf.«

»Gut aufgepasst. Ich geh dann noch mal zu seiner Pension und sammle die Medikamente ein. Übrigens, guter Tipp von dir, Swantje.«

»Da nicht für«, grinste sie breit über ihr süßes, rundes Gesicht. »Was habt ihr denn jetzt für einen Plan. Wen wollt ihr verhören?«

»Solange es nur ein Verdacht ist, können wir nicht viel tun.«

Kapitel 9

Gretje Blom war verärgert über die Inselpolizisten. Sie hatte angeboten, mitzukommen zur Pension Wellenreiter, doch Jan Berg und Bea Bissick lehnten das strikt ab. Sina war zwar einverstanden, konnte sich aber nicht gegen die zwei Ermittler durchsetzen. Heimlich hatte Sina versprochen, sich zu melden, falls sie Unterstützung von Gretje brauchte. Die junge Frau ist doch nicht so seltsam, dachte Gretje, als sie von ihr das halb fertige Manuskript zum Probelesen erhalten hatte. Dank Piet war die Datei nun auch auf ihrem Tablet gespeichert, sodass sie es überall lesen konnte. Gretje packte es in ihren Rucksack, am Meer wollte sie sich einen Strandkorb suchen und sich dann ungestört mit der heißen Lektüre beschäftigen.

Onno hatte wohl eine heimliche Ahnung, was der Professor ans Tageslicht bringen wollte. Wenn er mit seiner Vermutung richtig lag, kam nur eine Person in Betracht, die den Professor zum Schweigen bringen wollte. Nach und nach klapperte er die Leute ab, mit denen der Professor einen netten Kontakt pflegte. Er besuchte das Stadtarchiv, das eine der bevorzugten Recherchequellen des Krimischreibers war. Bedauerlicherweise stellte sich heraus, dass Dr. Düvel dort nur der Geschichte der Insel auf der Spur war. Den Mitarbeitern gegenüber hatte er sich stets bedeckt gehalten.

»Hat er sich denn nicht nach Familienbetrieben auf der Insel erkundigt? Oder was hat ihn interessiert?«, fragte Onno nach.

»Nee, wüsste nicht, dass ihm das wichtig war. Ich kann dir wirklich nicht sagen, was er sich alles angeguckt hat. Zu mir hat der nichts gesagt. Aber frag doch mal beim

Heimatverein nach. Mit denen hat er immer gern geschnackt.«

Onno bedankte sich und schlurfte durch den Ort zurück. Dabei kam er auf die Idee, einen Abstecher im Standesamt zu machen. Samstags hatten die allerdings keine Sprechstunde, da wurde nur getraut.

In einem blau-weiß gestreiften Strandkorb, nahe dem Spielplatz, hatte Gretje Blom sich häuslich eingerichtet. Als Piet sie entdeckte, musste er unwillkürlich grinsen. Seine Miss Marple sonnte sich in einem mit Rüschen verzierten Badeanzug. Ihr Tablet lugte unter einem Handtuch hervor, die Monstersonnenbrille steckte in ihrem Haar und aus ihrem Mund tönten unüberhörbare Schnarchgeräusche. »Mörderisch spannend scheint es ja nicht zu sein«, sagte Piet leise an ihrem Ohr. Gretje schreckte auf. Fahrig verdeckte sie ihre Augen hinter der getönten Brille und fauchte Piet an, was ihm denn einfiele, sie so zu erschrecken. »Man gut, dass ich keine Herzprobleme habe. Sonst wäre ich jetzt vielleicht auch Hops gegangen. Was gibts denn so Wichtiges, dass du es wagst, mich zu stören?«

»Nix. Ich wollte nur mal hören, wie weit du mit dem Lesen bist. Hast du schon etwas Interessantes gefunden?«

»Ist ganz schön abartig der Mord, den der sich hat einfallen lassen. Die Fantasie des Düvels ist echt krass. Ungewöhnlicher Tatort und ungewöhnliche Todesursache.«

»Erzähl mehr!«

»Das Opfer wird in einer Besenkammer in einem Hotel gefunden. Es ist an Seifenlauge erstickt.« Gretje schüttelte sich. »Auf so eine Idee muss man erst einmal kommen.«

»Wie hat der Täter das denn angestellt? Wie kann jemand an Seifenlauge ersticken?«

»Muss ihm brutal eingeführt worden sein. Man fand ihn mit einem über den Kopf gestülpten Putzeimer und einer Wäscheklammer auf der Nase vor. Sein Mund war zugeklebt, bis auf eine winzige Öffnung, durch die ein Schlauch bis tief in seinen Rachen führte. In der Röhre fanden sich Spuren einer normalerweise harmlosen Lauge aus Kernseife, die für den Mann jedoch tödlich war. Der Täter muss die Flüssigkeit grausam in ihn hineingepumpt haben.«

»Oder die Täterin. Bei einer Besenkammer und dem ganzen Putzzeug, denke ich eher an eine Frau. Du nicht, Gretje?«

»Mannomann, du alter Fuchs. Recht hast du. Aber nun lass mich mal weiterlesen, ich will ja wissen, wer der Täter ist und vor allem, warum er oder sie den Mann so qualvoll ertränkt hat.«

Kaum hatte Gretje sich wieder der Geschichte zugewandt, klingelte ihr Handy. Leider war es nur Onno. Sie hatte gehofft, Sina würde sich melden. »Onno, mein oller Seebär, was gibts Neues? Hast du etwas in Erfahrung gebracht?«

Er verneinte, wollte aber wissen, wo sie sich gerade aufhielt. »Ich hab da einen Verdacht, über den muss ich unbedingt mit dir und den andern reden.«

Gretje gab ihm ihre Strandkorbnummer und nannte den Spielplatz, auf dem sie zu finden waren. »Bring was zu Essen und zu trinken mit.«

Es dauerte nicht lange, bis Onno mit einem Picknickkorb und einer Decke anrückte. Er breitete alles vor ihrem Strandkorb aus, dann legten sich die beiden Männer ihr zu Füßen. Gretje griente, aber das ging ihr denn doch zu weit. Sie forderte die beiden auf, sich vernünftig hinzusetzen, auf die Fußteile des Korbs. Sie wollte ihnen ja nicht alles zurufen müssen, denn das, was sie besprechen wollten, war nicht für fremde Ohren bestimmt. »Nun sag schon, was so wichtig ist«, forderte sie ihn auf.

»Ich hab dir doch von dem Foto erzählt, das der Düvel sich so interessiert angesehen hat und von dem er meinte, die Frau auf dem Bild schon mal auf einem Foto in seiner Pension gesehen zu haben.«

»Ja, und?«

»Er sagte, er hätte die Pensionswirtin nach der Herkunft gefragt und ob es ein Kinderfoto von ihr wäre. Am nächsten Tag hing es nicht mehr an der Wand, es war gegen ein anderes ausgetauscht worden.«

»Und das, was ich habe, das hat er sich kopiert und zu seinen Notizen gelegt.«

»Mein Gott Onno, nun mach das doch nicht so spannend. Wer war denn die Person auf deinem Foto?«

»Die Lütte war manchmal mit ihrer Mutter bei mir in der Friesenrose. Antonia Gruber ist die Kleine, ihre Mutter heißt Hendrike. Ist aber schon lange her. Hendrike war Zimmermädchen und hatte das nicht leicht in ihrem Leben. Sie musste ihr Kind allein durchbringen, der Vater der Kleinen hatte sie gleich nach der Geburt sitzen gelassen.«

»Und der Düvel meinte, dass eine Ähnlichkeit zwischen dieser Antonia und der Gunda Uckena besteht? Sind die sich denn wirklich wie aus dem Gesicht geschnitten? Das Bild musst du uns zeigen.«

»Habs abfotografiert. Hier.«

Onno reichte sein Handy herum. Zu sehen war ein kleines Mädchen mit zwei straff geflochtenen Zöpfen, das vielleicht acht oder zehn Jahre alt war.

»Hübsches Wicht, diese Antonia. Hast du denn auch ein Foto von der Pensionswirtin?«

»Nee. Die olle Spinatwachtel hat bei mir verschissen.«

Gretje und Piet sahen sich betroffen an. Da musste ja richtig was im Argen liegen, dass Onno sich zu so abfälligen Bemerkungen hinreißen ließ. »Denn erzähl uns mal, weshalb die olle Spinatwachtel bei dir verschissen hat.«

»Pst«, machte Onno. »Man weiß nie, wer hier alles mithört. Das erzähle ich euch später, wenn wir wieder in der Friesenrose sind.«

»Ich glaube, ich sollte mir die Pension Wellenreiter und die Besitzerin mal ansehen«, sagte Gretje, während sie sich wieder ankleidete. »Auf das Weibsbild bin ich wirklich neugierig geworden. Ich rufe Sina an, vielleicht hat sie ja Hunger und ich kann ihr was zu essen vorbeibringen.«

»Und was ist mit uns?«, fragte Piet. »Soll ich nicht besser mitkommen?«

»Meinetwegen. Wir können ja ganz unschuldig nachfragen, ob sie ein Zimmer für uns hat.«

»Für uns zusammen?«, feixte Piet.

»Wenn es richtig gut laufen soll, dann erzählt der Wirtin am besten, wie katastrophal die Zustände in der Friesenrose sind und wie bekloppt der olle Onno mit der Zeit geworden ist. Dann hat sie wieder was zu lästern.« Seine Augen blitzten bei dieser Empfehlung, die er anscheinend ernst meinte. »Ich guck mal die alten Fotoalben durch. Kann sein, dass es noch mehrere Fotos gibt, auf denen Antonia mit ihrer Mutter abgebildet ist.«

Kapitel 10

Sina schossen die Tränen in die Augen, als sie allein im Zimmer ihres Onkels stand und sich umsah. Sie setzte sich in den abgewetzten Ohrensessel am Fenster, in dem ihr Onkel am liebsten mit einem Pott Tee und seinem Schreibzeug gesessen, aufs Meer geblickt und an seiner Story gearbeitet hatte. Verloren kauerte sie in dem Polster und stierte mit leerem Blick hinaus. Nach einer Weile besann sie sich darauf, weshalb sie sich überhaupt hier aufhielt. Mit Sicherheit nicht, um das Zimmer für den nächsten Gast zu räumen.

Als sie sich umsah, war sie erstaunt, nirgends eine Tasse oder etwas Persönliches von ihm zu sehen. Das Bett war gemacht, auf dem kleinen Schreibtisch lag nichts herum, so wie das bei ihm sonst immer der Fall war. Das Zimmermädchen musste wohl schon da gewesen sein. Wahrscheinlich hatte sie auch dafür gesorgt, dass seine Koffer zum Einpacken bereitstanden.

Sina Düvel untersuchte zunächst seinen Arbeitsplatz. Durch ihre täglichen Besuche wusste sie, dass er in der Schublade seine Notizen und auch jene Diktiergeräte verwahrte, die er bei seinen Recherchen nicht bei sich trug. Vor Wut schrie sie auf, als sie in das gähnend leere Fach blickte. Mit den Fingern fuhr sie in die Ecken, aber da fand sich auch nichts mehr. Jemand musste seine Arbeitsgeräte herausgenommen haben. Alle Fächer und Laden waren leer. Es konnte höchstens sein, dass ihr Onkel die Sprachdateien gut versteckt hatte. Zuzutrauen war es ihm. Sein Misstrauen denen gegenüber, die von seinen Schriftstellerallüren nicht begeistert waren, war immens. Das würde erklären, warum er so handelte.

Zornig durchsuchte sie seine persönlichen Sachen. Wo konnte der alte Knabe die Dinger bloß gelassen haben? Sie versuchte ihr Glück im Badezimmer und stellte bestürzt fest, dass von seinen Hygieneartikeln nichts mehr an seinem Platz war. Anschließend nahm sie sich die Küchenzeile vor, schaute in den Kühlschrank und auch in sämtliche Töpfe. Alles war sauber und ordentlich eingeräumt. Es gab auch keine Spur von den Lebensmitteln und der Flasche Champagner, die er eingekauft hatte. Die Flasche wollte er mit ihr zusammen köpfen, sobald das Wort Ende unter seinem Manuskript stand. Als spätesten Termin hatte er dafür das Ende der nächsten Woche angepeilt.

Schnaubend vor Wut schrieb sie Gretje Blom eine Nachricht und bat sie herzukommen. Nachdem das erledigt war, polterte sie die Holzstiege hinunter. In dem kleinen Frühstücksraum fand sie Bruder und Schwester Uckena vor, die heftig mit Bea Bissick diskutierten.

»Was fällt Ihnen eigentlich ein? Wie können Sie es wagen, meinem Onkel den Champagner und seine Lebensmittel wegzunehmen? Er ist noch nicht einmal vierundzwanzig Stunden tot und Sie fangen sofort an, alles auszuräumen?« Sina funkelte die Besitzerin des Wellenreiters böse an. »Geben Sie auf der Stelle seine Notizen und seine Diktiergeräte heraus, andernfalls zeige ich Sie an.« Sie warf Bea Bissick einen Blick zu, mit dem sie Bestätigung suchte. Die hatte Fragezeichen in den Augen und wollte erst einmal genau wissen, worüber Sina sich dermaßen aufregte.

»Ich hab Ihnen doch nur eine Menge Arbeit abnehmen wollen und dem Zimmermädchen gesagt, es soll schon mal anfangen aufzuräumen«, wiegelte Gunda Uckena alle Vorwürfe ab.

»Und wo sind die Sachen des Professors geblieben?«, erkundigte sich Bea Bissick.

»Da müssen wir das Mädchen fragen. Ich gehe mal nachsehen, ob sie noch im Haus ist.«

»Wieso regst du dich denn so auf, Sina?«, versuchte Immo sie mit einem charmanten Lächeln, für das sie aber momentan nicht empfänglich war, zu beschwichtigen. »Champagner habe ich bei mir immer auf Vorrat. Du weißt ja, du bist herzlich eingeladen.«

»Nettes Angebot. Viel wichtiger sind aber die Unterlagen. Ich habe ja noch nicht alles im PC.«

»Mach dir doch keinen Stress mit dem Krimi. Den liest doch sowieso keiner. Dein Onkel hat ja noch nicht einmal einen Verlag, hast du gesagt. Wir könnten uns doch einfach ein paar schöne Tage machen, wenn du das Projekt wegen des Todesfalls aufgibst. Dafür hat doch jeder Verständnis.«

»Schöne Tage?«, keifte Sina. »Hallo? Wie bist du denn drauf? Mein Onkel ist tot! Glaubst du im Ernst, mich interessiert das nicht, was mit ihm und seinem Roman wird? Da gibt es allerhand zu organisieren und dafür bin ich verantwortlich.«

»Wieso das denn? Hat er denn keine anderen Angehörigen, die das übernehmen könnten?«

»Nein. Hat er nicht«, blaffte Sina den Mann an, von dem sie geglaubt hatte, er würde sich ernsthaft für sie interessieren und sie verstehen. Mit einem Schlag wurde ihr klar, dass er sich kein bisschen für sie interessierte. Und sie hatte sich ihm geöffnet, ihm ihr Herz ausgeschüttet und auch vieles anvertraut. »Außerdem ist er mein Patenonkel! Schon zu Lebzeiten waren wir übereingekommen, dass ich sein Begräbnis organisiere, wenn es mal so weit sein sollte. Aber dass es so schnell geht …«

»Ist ja schon gut. Ich muss nun langsam wieder los. Für mich gibt es heute noch eine Menge zu tun, das habe ich wegen dir alles hintenangestellt. Eine erfreuliche Nachricht habe ich aber noch für dich, meine Süße.«

Skeptisch blickte Sina Immo an.

»Ich habe das mit meiner Schwester geregelt wegen der Räumung. Du kannst das Apartment für den Rest der Zeit bewohnen. Sie wird dir keinen Ärger machen.«

Bea Bissick pfiff durch die Zähne, sie sagte aber nichts, sondern blieb so lange ruhig, bis Immo Uckena gegangen war. Dann raunte sie Sina zu, dass nicht Immo, sondern sie der Wirtin so zugesetzt hatte, dass die nicht anders konnte, als sich geschlagen zu geben. Wenig später kehrte Gunda Uckena mit der Info zurück, dass das Zimmermädchen nicht mehr im Haus war.

»Die Kleine knöpfe ich mir morgen früh gleich vor. Die kann was erleben. Nichts als Ärger hat man mit den Aushilfskräften! Dumm wie ein Möwenschiss«, schimpfte sie abfällig über ihre Angestellte.

»Wenn die Sachen bis morgen früh um zehn nicht vollzählig wieder an ihrem Platz liegen, nehme ich persönlich Frau Düvels Anzeige auf«, drohte die Hauptkommissarin. Dann gab sie Sina zu verstehen, alles Weitere in dem Apartment unter vier Augen mit ihr zu besprechen.

»Und den zweiten Zimmerschlüssel hätte ich gern.« Fordernd hielt Sina die Hand auf.

»Wollen Sie jetzt die ganze Zeit über bei mir wohnen? Mit Frühstück?«

»Das haben Sie sehr richtig erkannt, Frau Uckena. Mit Frühstück! Das habe ich ja sonst auch hier eingenommen. Und für eine zweite Person decken Sie bitte auch ein. Ich mag nicht gern allein bei Tisch sitzen und habe vor, mit einer guten Freundin zu speisen.«

Bea zog unmerklich eine Augenbraue hoch. Dieser letzte Satz war beeindruckend frech. So hatte sie die junge Frau nicht eingeschätzt. »Eine Freundin von Ihnen ist noch hier?«, fragte sie, als sie allein waren.

»Quatsch. Habe ich nicht. Aber dem alten Raffzahn werde ich nichts schenken, darauf können Sie sich verlassen. Ich finde schon eine Frühstücksfreundin oder einen Frühstücksfreund. Allerdings wird das bestimmt nicht Immo sein. Der kann mich mal!«

***

»Guck mal Piet, das Wicht hat sich gemeldet. Die braucht mich«, sagte Gretje zu Piet und zeigte ihm die soeben eingetroffene Nachricht. »Du kannst ja mitkommen und deinen Charme an der Pensionswirtin testen. Vielleicht hat sie dann doch noch ein Zimmer für dich. Ich kümmere mich um die Kleine.«

Gemeinsam schlenderten die Hobbydetektive zum Wellenreiter. Gretje Blom kannte die Zimmernummer und wollte direkt zu Sina aufs Zimmer gehen, kam aber nicht ohne Weiteres an der Rezeption vorbei.

»Wo wollen Sie denn hin?«, hielt die Chefin sie auf.

»Düvel. Die Zimmernummer ist mir bekannt«, antwortete Gretje.

»Tut mir leid, Herr Düvel ist nicht im Haus.«

Gretje grinste ihr Gegenüber wissend an. »Ich will ja auch zu Frau Düvel«, erwiderte sie und marschierte einfach los.

Wie verabredet betrat nun Piet die Bildfläche, sodass Gretje den Fängen von Frau Uckena entwischen konnte. Sie linste über die Schulter und musste innerlich kichern. Piet gab wirklich alles, um bei der Dame einen guten Eindruck zu hinterlassen.

»Und wenn ich im Voraus zahle? Haben Sie dann nicht doch noch ein winziges Kämmerlein für mich?«, hörte sie ihn in scherzhaftem Ton fragen.

Gunda Uckena wälzte daraufhin ihr Gästebuch und fing umständlich an zu blättern. Zufrieden nahm Gretje zur

Kenntnis, dass Piet allem Anschein nach gute Karten bei der Dame hatte.

Schwungvoll öffnete sie die Tür des Apartments, ohne vorher anzuklopfen.

»Bin ich zu spät? Brauchst du mich nicht mehr?«, fragte sie Sina, überrascht über Beas Anwesenheit.

»Wo ist denn dein Kollege abgeblieben?«, wollte sie von Bea Bissick wissen.

»Der müsste jeden Augenblick da sein. Der hatte auf dem Revier noch etwas zu erledigen.«

»Dann können wir ja schon mal anfangen. Sina, erzähl mal, wieso du mich gerufen hast.«

In aller Kürze schilderte sie das unmögliche Verhalten der Wirtin und lud Gretje für den nächsten Tag zum Frühstück im Wellenreiter ein. »Hier, schau dich mal um. Die haben alles von meinem Onkel weggeräumt.«

»Entsorgt?«, fragte Gretje.

»Ja. Davon gehe ich aus. Das Zimmermädchen hat seine Aufgabe wohl ein bisschen zu genau genommen. Nur gut, dass die Polizei gestern Abend noch Fotos von dem Apartment gemacht hat. Damit können wir wenigstens dokumentieren, was alles abhandengekommen ist. Willste mal sehen?«

Sina zeigte ihr die Aufnahmen. Gretje besah sich alles ganz genau, die Diktiergeräte konnte sie aber auch nirgends sehen.

»Wie hat dein Onkel das denn normalerweise gehandhabt, Sina?«, fragte Gretje. »Das mit dem Diktieren, meine ich.«

»Ein Diktiergerät hat er mir jeden Morgen beim Frühstück übergeben. Entweder das schwarze oder das silberne. Das rote war sein Heiligtum. Er hatte es mir wohl gezeigt, aber ich habe keine Ahnung, welche Geheimnisse darauf waren. Das rote trug er stets bei sich, er hütete es wie einen Schatz.«

Gretje nuschelte einen Kommentar, mit dem sie sich einen miesepetrigen Blick der Kommissarin zuzog.

»Nu musste nicht beleidigt sein, Frau Kommissarin, nur weil ich hier die Fragen stelle. Du bist anscheinend ja noch nicht so weit gekommen. Aber bitte, ich kann mich auch raushalten.«

Das vernahm auch Jan Berg, der just in dem Moment das Apartment betrat. »Wo willst du dich raushalten?«

»Ach, ich hab Sina nur ein paar Fragen gestellt, die Bea ihr lieber selbst gestellt hätte.«

Bea wippte auf ihren Sneakers auf und ab. Ihr war anzusehen, wie mühsam sie sich zusammenriss.

Gretje griente, dann wandte sie sich wieder Sina zu und stellte die nächste Frage. »Wer hatte denn alles Kenntnis von dem roten Diktiergerät?« Schadenfroh blickte sie zu Bea Bissick. »Ich nehme an, die Frau Hauptkommissarin ist auch sehr an der Information interessiert. Sina, überleg mal ganz genau.«

»Also ich natürlich«, begann Sina aufzuzählen. »Und vielleicht hat das Zimmermädchen es irgendwo herumliegen sehen.«

»Oder auch die Chefin des Hauses«, ergänzte Jan Berg. »Die kontrolliert bestimmt zwischendurch die Zimmer.«

Sina nickte. »Fragt auch Onno, dem hat er vertraut und vieles erzählt.« Beschämt senkte Sina den Kopf, als sie eingestand, mit Immo darüber geredet zu haben. »Es war so schön mit ihm. Ich war so gut drauf und da habe ich mich ein wenig über die kleinen Macken von Onkel Toni lustig gemacht.«

»Also wusste Immo Uckena es auch«, wiederholte Gretje.

»Ist mir echt unangenehm, dass ich so blöd war. Ich glaube, Tonis Haushälterin weiß es auch. Vor Rena hatte er keine Geheimnisse. Sie ist schon so lange bei ihm. Die sind wie ein altes Ehepaar, wenn sie sich kabbeln und dann wieder gemeinsam vor der Glotze sitzen und Wein trinken.«

»Haben Sie den Namen und eine Telefonnummer von der Haushälterin?«, fuhr Bea jetzt mit der Befragung fort.

Sina gab ihr die Kontaktdaten von Renate Hülsmann. »Rena wohnt in der Einliegerwohnung über ihm, das ist recht praktisch. Sie hatte auch immer ein Auge auf seine Gesundheit und passt auf wie ein Wachhund, dass er seine Medikamente regelmäßig nimmt.«

»Wo sind die eigentlich?« Bea Bissick sah sich noch einmal die Fotos an. Auf dem Esstisch befand sich eine kleine Box, die wie eine Pillendose aussah.

Bea war genervt von Gretje Blom und versuchte, die rüstige Seniorin elegant loszuwerden. Sie machte ihr den Vorschlag, sich mal die Altpapiertonne vorzunehmen. »Die Insulaner nehmen das ja sehr genau mit der Mülltrennung, vielleicht finden wir dort einen Teil seiner Unterlagen wieder.«

»Sehr gute Idee«, lobte Gretje Blom. »Klar wühle ich mich durch den Papiermüll. Jan, kommst du mit und hilfst mir dabei?« Bittend blickte sie den Inselpolizist an. »Oder du musst mir eine Leiter organisieren, damit ich da überhaupt reinkieken kann.«

»Frag doch mal Piet. Der war vorhin unten an der Rezeption und hat mit der Uckena geschnackt. Der hilft dir bestimmt. Ihr seid ja sonst auch so ein tolles Team. Ich muss mich noch einmal in Ruhe mit Gunda unterhalten.«

Kapitel 11

Der Container mit dem Altpapier quoll schon über. Das war regelmäßig der Fall, wenn der Abholtag der Müllabfuhr bevorstand.

Piet war richtig froh gewesen, als der Inselpolizist, gefolgt von seiner lüttjen Friesenrose zur Rezeption kam, um der Chefin noch ein paar Fragen zu stellen. Gretje stolzierte grußlos vorbei, sie tat auch so, als würde sie ihren langjährigen Freund nicht mehr kennen. Aber schon Sekunden später bekam er eine WhatsApp von ihr, sie wollte sich mit ihm an den Containern treffen.

»Und? Hat sie noch ein Zimmer für dich? Du hast dich ja ordentlich ins Zeug gelegt.«

»Du kennst doch meinen Charme, dem die Frauen nicht widerstehen können«, scherzte er. »Sie könnte es eventuell hinkriegen, hat sie mir versprochen. Sie will sich melden, sobald sie Näheres dazu sagen kann. Die ist wirklich sehr geschäftstüchtig. Und was hast du nun mit mir vor?«

»Wir beide nehmen uns die Mülltonnen vor. Wir sehen nach, was so alles im Altpapier gelandet ist.«

Angewidert sah Piet Gretje an. »Wir sollen im Müll wühlen?«

»Jau. Auftrag von Bea Bissick«, sagte Gretje. »Aber doch nur den Papiercontainer. Die Unterlagen des Professors sind nämlich nicht mehr da, wo sie gestern Abend noch waren. Das Zimmermädchen sollte schon alles räumen.«

»Das hat Bea sich ja fein ausgedacht«, maulte er.

»Nicht lang schnacken, lieber gleich anpacken«, entgegnete Gretje und sagte ihm, was er tun sollte. Sie musste sich schon auf die Zehenspitzen stellen, nur um über den Rand zu gucken. Ohne fremde Hilfe hätte sie den Abfallbehälter ohnehin nicht öffnen können. »Man gut, dass der Krempel Montag abgeholt wird und die Tonnen schon so voll sind. Sonst müssten wir das Ding auskippen.«

»Oder hineinkrabbeln«, scherzte Piet.

»Schmeiß du am besten die erste Lage raus auf den Boden, und ich sehe nach, ob etwas Interessantes dabei ist«, delegierte sie die Aufgaben.

Piet zögerte nicht lange und warf die oberen Papierschichten auf den Boden. Gretje kniete sich auf einen dicken Pappkarton und hob jedes einzelne Blatt prüfend an.

Plötzlich juchzte sie auf. »Hier! Ich hab was.« Sie hielt ein Medikamentenrezept in der Hand, das auf den Namen des Professors ausgestellt war. Mit hochrotem Kopf suchte sie immer intensiver und fand weitere Unterlagen, die dem Verstorbenen zuzuordnen waren.

»Wir haben es!«, rief sie aus. Flugs raffte sie alles zusammen und ließ es in ihrem Rucksack verschwinden.

»Auftrag erledigt. Dann können wir ja jetzt nach Hause gehen, die Sachen sichten und beratschlagen, wie wir weitermachen wollen.«

»Und was sagen wir Bea?«, wandte Piet ein. »Wir müssen den Ermittlern unseren Fund geben.«

»Tun wir ja auch. Sie können sich das bei uns abholen. Nachher. Die beiden sind ja noch sehr beschäftigt. Da wollen wir doch nicht etwa stören?«

***

»Was willst du eigentlich von mir, du kleiner Inselpolizist?«, giftete Gunda Uckena ihren ehemaligen Schulkameraden an. »Glaubst du denn, ich kann etwas dafür, dass er tot ist? Willst du mir irgendwas anhängen? Aber dann hast du die Rechnung ohne mich, meinen Mann und meine Brüder gemacht.« Gunda verschränkte die fleischigen Arme vor der Brust und sagte ihm den Kampf an.

Noch nie waren sie sich grün gewesen und damals, zur Schulzeit, hatte Jan Berg sich leicht unterkriegen lassen. Fürs Abschreibendürfen forderte sie hinterher immer größere Summen Geld von ihm ein. Im Nachhinein betrachtet war er ihr dankbar dafür, dadurch kriegte er irgendwann die Kurve und fing an zu lernen. Er war es leid, jeden Monat sein Taschengeld an Gunda abzudrücken. Im Laufe der Jahre und mit stetig wachsender Berufserfahrung wuchs auch sein Selbstbewusstsein. Bis auf die Tatsache, dass er kein Blut sehen konnte, verschaffte er sich bei den Einheimischen und auch bei den Touristen den nötigen Respekt. Trotz seiner Liebe zum Kleingarten und seinem Faible für Gartenzwerge war er eine Amtsperson. Das würde er sich auch von niemandem streitig machen lassen.

»Da kann ich nur sagen: Wem der Schuh passt, der zieht ihn sich an.« Mit Genugtuung beobachtete er, wie Gunda anfing zu schnauben. »Deine Brüder und dein Gatte interessieren mich nicht. Ich möchte lediglich wissen, was in dich gefahren ist, die Sachen des Verstorbenen beseitigen zu lassen. Und nun tu nicht so, als ob du wirklich nicht wüsstest, wo seine persönlichen Dinge sind. Die Papiercontainer haben wir uns schon vorgenommen.« Jan Berg warf einen Blick auf sein Handy. »Erfolgreich vorgenommen«, schob er hinterher. »Und die Story mit dem dummen Zimmermädchen, die nehme ich dir sowieso nicht ab.«

Er schluckte, denn ihm lag auf der Zunge zu sagen, dass Gunda und ihr Clan alle Mitarbeiter im Service wie Sklaven behandelten. Schwere Arbeit bei einem mickrigen Gehalt, von dem die meisten nicht einmal ihre Unterkunft bezahlen konnten und deshalb noch weitere Jobs annehmen mussten. Doch vielleicht täuschte er sich und tat ihr unrecht. Das war etwas, das er noch einmal näher betrachten musste. »Dann gib mir mal die Nummer von dem Zimmermädchen, oder lieber gleich die Sachen, die du beiseitegeschafft hast.«

Breitbeinig stand er der Pensionswirtin gegenüber und blickte ihr fest in die Augen, die Arme, genau wie sie, vor der Brust verschränkt. Sie schnaubte immer noch. Es erinnerte ihn an ein Walross, aber er verbot sich, auch nur ein kleines bisschen die Miene zu verziehen. Es dauerte mehrere Minuten, dann ließ Gunda die Arme sacken, öffnete den angrenzenden Putzraum und knallte ihm eine Wäschewanne mit Professor Dr. Düvels Utensilien auf den Schreibtisch. »Hier! Und nun aber raus!«

»Vielen Dank, liebe Gunda.« Jan Berg nahm die Wanne an sich und verließ den Büroraum. Sina und Bea würden Augen machen. Er kannte Gunda und ihre hinterhältigen Tricks einfach zu gut.

***

Wie Kinder, die nicht beim Mäuseklingeln ertappt werden wollten, nahmen Piet und Gretje die Beine in die Hand und eilten so schnell es ging zurück zur Friesenrose.

Auf dem Esstisch breiteten sie ihre Beute, die Notizen des Professors aus. Es war nicht auf den ersten Blick ersichtlich, was zusammengehörte, doch zu dritt schafften sie es, sie bildeten verschiedene Stapel. Da waren zum einen handschriftliche Einträge zu seinem Roman, aber auch Briefe, die ihm nachgeschickt worden waren, sowie hingekritzelte Zeichnungen und Kurzgedichte, unter denen sein Namenskürzel stand.

»Guck mal hier. Der Düvel war ein richtiger Poet«, flüsterte Gretje. Sie las mehrere stimmungsvolle Verse vor, die er zu seinen Naturbeobachtungen verfasst hatte. Keiner der Anwesenden hätte dem Professor für Strafrecht so viel Feingefühl zugetraut.

Mehrmals tauchte der Name Hendrike auf, Onno blickte dann jedes Mal seltsam drein. Ob es sich wohl um die Hendrike handelte, die Onno damals kennengelernt hatte und von der es verblasste Fotos gab? Gretje vermutete, dass der brummige Seebär mit dem Namen sehr viel mehr anfangen konnte, als sie ahnten. Nachdenklich stimmte sie jedoch das ärztliche Rezept für Betablocker, das sie bei ihm gefunden hatten. Es war schon vor mehreren Wochen ausgestellt worden und sie fragten sich, warum er es noch nicht eingelöst hatte.

»Wahrscheinlich hatte er noch genug Pillen«, meinte Piet. »Wir sollten Sina fragen, die wird das bestimmt wissen.«

»Wie weit bist du eigentlich mit deinen Fotoalben?«, fragte Gretje bei Onno nach. »Hast du noch mehr Fotos gefunden, auf denen das Mädchen zu sehen ist?«

Onno nickte bedächtig. Dann holte er ein vergilbtes Album hervor und legte es auf den Tisch. »Leute, ich müsste euch dazu was sagen. Aber ich trau mich nicht. Ich hab dem Düvel versprochen, mit niemandem darüber zu reden. Großes Seefahrerehrenwort.«

»Mannomann. Onno! Nun mach uns nicht alle verrückt. Hat es mit dem Mord zu tun?« Gretje hibbelte aufgeregt auf ihrem Stuhl herum.

»Wenn ich das man selber wüsste. Es könnte eventuell mit seinem Krimi zu tun haben. Aber sicher bin ich mir da nicht.«

Ehe er womöglich sein Wort gebrochen und etwas verraten hätte, klingelte es an der Tür. Jan Berg und Bea Bissick waren gekommen, um die Unterlagen aus dem Papiermüll in Verwahrung zu nehmen.

»Ihr könnt doch damit nicht einfach so abhauen? Unter Umständen sind da Beweismittel dabei«, raunzte Bea die alte Ostfriesin an.

»Die sind bei uns nur in Sicherheitsverwahrung«, sagte Onno trocken.

Sina war mit den Beamten zurückgekommen. Sie wollte ihre Sachen holen, um ihr Quartier in der Friesenrose gegen das im Wellenreiter zu tauschen. Auch nachts wollte sie in der Pension bleiben. Sie hatte solch eine Wut auf die Zimmervermieterin, allein aus Trotz wollte sie alles in Anspruch nehmen, was bezahlt war und ihr zustand.

Gretje holte die Flasche mit den Fittaminchen und dann gingen sie gemeinsam noch einmal den Papierkram durch. Als sie das Rezept sichteten, forderte Gretje Sina auf, zu erzählen, welche Medikamente ihr Onkel nehmen musste und ob sie sagen könnte, weshalb das Rezept für die Betablocker noch nicht eingelöst worden war.

»Hat er seine Pillen regelmäßig eingenommen und gesund gelebt? Oder klagte er über irgendwelche Beschwerden?«, erkundigte Gretje sich.

Bea warf ihr wieder einmal einen vernichtenden Blick zu. Sie konnte es nicht ertragen, dass die Hobbydetektivin ihre Nase überall hineinsteckte und immer die Fragen stellte, die sie längst im Kopf hatte.

»Soweit ich weiß, hat er seine Medikamente nach Vorschrift eingenommen. In letzter Zeit klagte er hin und wieder über heftige Migräneanfälle und Schwindel. Das hielt nie lange an, meistens war es nach einer halben Stunde vorbei. Er hat dieses Unwohlsein auf seine neue Brille geschoben, an die er sich noch gewöhnen musste. Ich gehe davon aus, dass seine Haushälterin ihm die Medikamente für den Urlaub idiotensicher eingepackt hat und, um sicherzugehen, noch ein Ersatzrezept für seine Betablocker.«

»Hmm.« Gretje hörte sich alles aufmerksam an. Dann fragte sie die Polizisten zum wiederholten Mal, ob die Obduktion neuere Erkenntnisse über die Todesursache ans Tageslicht gebracht hatte.

»Laut Aktenlage sind Herzversagen und der Sturz unglücklicherweise zusammengetroffen. Es ist gut möglich, dass der Sturz mit einer Migräneattacke zusammenhängt. Im Laborbericht steht, dass seine Medikation nicht der Norm entsprach.«

»Wie? Was ist denn damit gemeint?«, grummelte Onno.

»Es waren keine Betablocker nachzuweisen.«

»Das kann doch gar nicht sein!«, entrüstete sich Sina. »Die hat er in seiner Pillenbox.«

»Dann hat er sie entweder nicht genommen, oder aber …« Gretje machte eine nachdenkliche Pause. »Oder aber jemand hat die Pillen ausgetauscht.«

Jan Berg gab seiner Kollegin an dieser Stelle ein Zeichen zum Aufbruch. Die Ermittler wollten sich ungestört mit der jungen Frau unterhalten. Sie wollten die weiteren Fragen lieber auf dem Revier erörtern.

»Wir müssen denn mal«, meinte Jan Berg.

»Wollen Sie wirklich im Wellenreiter übernachten?«, vergewisserte Bea sich bei Sina, bevor sie gingen. »Mir ist die Familie Uckena nicht geheuer. Ich möchte nicht riskieren, dass Ihnen ebenfalls etwas zustößt. Wir brauchen Sie schließlich für die Aufklärung des Falls. Es gibt noch so viel zu klären, insbesondere zu seinem Krimi. Fragen, die nur Sie uns beantworten können.«

»Meinetwegen kann ich ja noch eine Nacht hierbleiben. Morgen früh gehe ich in der Pension aber wie gewohnt frühstücken. Wer von euch will mir Gesellschaft leisten?«

Sie blickte in die Runde und sah nur in betretene Gesichter. Von Begeisterung über dieses Angebot konnte keine Rede sein.

»Dann frage ich Leon, wenn er nachher da ist«, sagte Sina trotzig. »Der hat bestimmt Lust, mit mir zu frühstücken.«

»Den lass mal schön in Ruhe«, entgegnete Gretje. »Ich leiste dir Gesellschaft. Wie spät müssen wir da sein?«

Kapitel 12

Nach einer Nacht mit wenig Schlaf und ebenso wenig neuen Erkenntnissen spazierten Gretje und Sina am nächsten Morgen über die Strandpromenade. Das Rauschen der Brandung war heute so mächtig, dass sie sich nicht unterhalten konnten.

Pünktlich um halb acht saßen sie im Frühstücksraum. Der Tisch war für zwei Personen eingedeckt, genau so, wie Sina es verlangt hatte. Gretje genoss es, bedient zu werden, neugierig ließ sie ihren Blick durch den Saal schweifen. Die maritim gehaltene, geschmackvolle Deko vermittelte eine behagliche Atmosphäre, aber das Schönste war der Blick aufs Meer.

»Hier kann man das wohl aushalten«, meinte Gretje mit vollem Mund. Wenn du willst, dann kann ich dir auch öfters Gesellschaft leisten.

»Nett gemeint, aber das kann ich noch nicht versprechen.«

»Ich glaube, wir werden beobachtet«, flüsterte Gretje. »Nicht umdrehen.«

»Von wem?«

»Ein Mann. Vielleicht der Ehemann von der Chefin.« Gretje beobachtete ihn aus den Augenwinkeln. »Ich müsste mal wohin. Gibst du mir bitte den Zimmerschlüssel?« Gretje nahm noch einen Schluck Kaffee, dann stand sie auf. Der Mann war inzwischen nicht mehr auf seinem Posten, registrierte die alte Dame, als sie zum Aufzug marschierte. Unbehelligt kam sie an dem Zimmer des Professors an und steckte leise den Schlüssel ins Schloss. Die Tür war jedoch nicht verschlossen. Erschrocken fuhr der Mann zusammen, von dem sie sich beobachtet geglaubt hatte.

»Was machen Sie hier?«, herrschte sie ihn an. »Und nun verschwinden Sie, ich muss mal wo hin.«

»Das könnte ich Sie auch fragen. Sie haben hier nichts zu suchen. Das ist unsere Pension.«

»Dann sollten Sie auch wissen, dass ich mich als Frau Düvels Gast sehr wohl hier aufhalten darf. Was haben Sie denn da in der Hand? Zeigen Sie mal her?«

Furchtlos trat Gretje vor den kräftig gebauten Mann, der sie finster anblickte.

»Wir hatten hier nur etwas vergessen, als wir die Sachen des Professors zurückgebracht haben. Im Übrigen geht Sie das nichts an. Sie sind doch diese Schnüfflerin, wenn ich mich nicht täusche.«

»Blom. Mein Name ist Gretje Blom«, nannte sie ihren Namen in dem Tonfall, wie sie es von den Bondfilmen kannte und gern nachahmte.

»Sie haben gestern die Sauerei bei den Mülltonnen gemacht, hat meine Frau gesagt. Passen Sie bloß auf, Gretje Blom! Sonst landen sie selber noch im Müll.«, drohte er. Doch dann trat er ohne ein weiteres Wort den Rückzug an. Gretje verriegelte hinter ihm sofort die Tür. Dann sah sie nach, woran er sich zu schaffen gemacht hatte. Er hatte am Schreibtisch gestanden, mit dem Rücken ihr zugewandt. Die Schublade war noch einen spaltbreit geöffnet, es lagen nur Stifte darin, sonst nichts.

Als sie wieder den Speisesaal betrat, saß Sina nicht mehr am Frühstückstisch. Gretje verspeiste in aller Ruhe ein weiteres Brötchen, doch dann wurde sie unruhig. Sina war immer noch nicht wieder zurück. Nochmals ging sie nach oben aufs Zimmer, vielleicht hatten sie sich ja verpasst, weil Sina die Treppe genommen hatte. Aber da war sie auch nicht.

Beunruhigt rief Gretje in der Friesenrose an und erkundigte sich, ob sie dort war. Aber nein, auch da hielt sie sich nicht auf.

»Gib mir mal Piet«, sagte sie zu Onno.

»Was ist denn los? Du machst schon wieder einen Wirbel, als wäre was passiert«, wollte Piet wissen.

»Ist es auch. Sina ist verschwunden. Komm her. Ich warte im Zimmer des Professors auf dich. Und lass dich von niemandem abhalten. Ich glaube, dat Wicht ist in Gefahr.«

Piet versprach sofort loszugehen. Ungefähr zehn Minuten später klopfte er an die Tür.

»Mich hat keiner gesehen«, sagte er. »Erzähl. Was ist los? Hast du einen Verdacht?«

In ostfriesischer Kürze gab sie ihm die wichtigsten Informationen.

»Wenn mich nicht alles täuscht, dann will jemand auf Deubel komm raus verhindern, dass der Krimi veröffentlicht wird.«

»Das denke ich auch. Jemand hat sie entführt, um an ihr Manuskript zu kommen. Ich tippe auf einen von den Uckenas.«

»Wir sollten unsere Sheriffs informieren«, schlug Piet vor. »Hatte Sina ihren Laptop dabei? Oder ein Diktiergerät?«

»Ohne ihr Notebook geht die doch nirgendwo hin.«

***

»Ich habe schon so was geahnt«, sagte Bea Bissick, als Gretje die Vermisstenmeldung abgab. »Jan, du kennst doch den Uckena-Clan. Kannst du dir vorstellen, dass einer von denen seine Finger im Spiel hat?«

»Ich bin mir sogar ziemlich sicher, dass die dahinterstecken. Wenn ich nur wüsste, um was es überhaupt geht. Der Professor ist doch seit Jahrzehnten Stammgast im Wellenreiter, die haben sich immer gut verstanden. Er kennt Gunda schon seit der Zeit, als sie noch ein Kind war. Er gehörte quasi zur Familie.«

»Von Trauer um ihren Lieblingsgast habe ich bei ihr nichts bemerkt. Es muss etwas mit der Familie zu tun haben. Da muss es ein Geheimnis geben, von dem der Düvel erfahren hat.«

»Wir sollten bei Immo anfangen, nach ihr zu suchen«, schlug der Hauptkommissar vor. »Ihn kennt sie und vielleicht ist sie immer noch in ihn verliebt. Dann hätte er natürlich leichtes Spiel. Lass uns mal zu seiner Privatadresse fahren.«

»Wie viele Adressen hat er denn noch?«

»Ihm gehört das Hotel Inselperle und auch die Wellenkrone, falls du das kennst.«

»Sagt mir was. Sehr exklusiv.«

»Jau.«

»Ich glaube aber nicht, dass er sie dahin gebracht hat.«

Swantje Robben spitzte die Ohren bei dem Gespräch ihrer Kollegen.

»Das ist schweineteuer in der Wellenkrone«, wusste sie zu berichten. »Frage mich, wie die Gesa, die aus der Bibliothek, sich das leisten kann.«

»Woher weißt du das denn?«

»Och. Ich hab mal mit ihr geschnackt, als sie ganz frisch da angefangen hat. Und dann hab ich sie gefragt, ob sie schon eine Wohnung gefunden hat, in die sie ihre Katze mitnehmen darf.«

»Kater«, verbesserte Bea kichernd. »Mister Grey!« Swantje rollte nur mit den Augen, sie fühlte sich veräppelt.

»Der heißt echt so. Hat sie uns jedenfalls erzählt. Nicht wahr, Jan?«

»Jau.«

»Bist du sicher, dass sie Wellenkrone gesagt hat und nicht Inselperle?«

»Ganz sicher!«, betonte Swantje. »Ob die wohl ein Verhältnis hat mit dem scharfen Immo? Bei der passenden Gegenleistung nimmt der womöglich auch einen Mister Grey in Kauf.«

»Swantje, du bist Gold wert«, lobte Jan Berg sie. »Finde doch mal heraus, ob die Katzenmutti noch in der Wellenkrone wohnt und wie der Deal zwischen ihr und Immo aussieht. Mach mal einen Dienstgang zur Bibliothek und dann sag uns sofort Bescheid, wenn du etwas herausgefunden hast.«

»Wird gemacht, Chef!«

»Und wir besuchen den scharfen Immo mal bei sich zu Hause«, sagte Bea Bissick. Jan Berg musste schmunzeln bei Beas Ausspruch. Ob sie den wirklich scharf fand?

Immo Uckena öffnete nicht auf ihr Klingeln, worüber Jan Berg sich nicht wunderte. Falls der scharfe Immo mit Sina in der Kiste lag, was nicht abwegig war, würde er natürlich nicht aufmachen. Sollte er sie aber unter einem Vorwand zu sich gelockt haben und auf seine spezielle Tour versuchen, das Manuskript zu vernichten, dann würde er sich erst recht nicht durch Besucher stören lassen.

»Und nun?«, fragte Bea. »Wir sollten mal ums Haus gehen und nachsehen, ob hinten eine Tür offen steht.« Mit dem Fuß stieß sie die Gartenpforte auf und schlich in Richtung Terrasse. Jan Berg gab ihr Deckung, für alle Fälle.

»Hörst du das?«, fragte er. Sie blieben stehen. Es war nur schwerlich zu überhören, dass sich da zwei stritten. Es konnte nur Sina sein, die jemanden anschrie. Ängstlich klang das Gezeter eigentlich nicht. Die Ermittler beeilten sich, durch die Glastür konnten sie in die Innenräume schauen und sich ein Bild machen, was sich gerade abspielte.

Der Kerl hatte Sina gefesselt und durchwühlte nun ihre Tasche. Mit einem teuflischen Grinsen hielt er ein Notebook in seinen Händen und verlangte das Passwort von der tobenden Sina.

»Los, Jan. Wir greifen ein!«, bestimmte Bea Bissick. Sie hämmerte gegen die Scheibe und forderte Immo Uckena auf, sie hereinzulassen.

»Polizei! Öffne sofort die Tür!«, brüllte Jan Berg.

Von drinnen hörten sie Sina kreischen. Sie rief ihnen zu, dass die Tür nicht verschlossen war. Sogleich warf sich der Hauptkommissar gegen die Scheibe, ohne Widerstand schwang die Tür auf und sie befanden sich in Immos Wohnzimmer.

»Was wird hier gespielt? Immo, mach sofort die Frau los.«

»Das Notebook ist beschlagnahmt!«, sagte Bea Bissick. Mit sicherem Griff riss sie es dem verdatterten Immo aus der Hand. »Sagen Sie mal, was ist denn da so Interessantes drauf? Ohne Grund werden Sie Sina ja nicht entführt haben.«

Immo fing schallend an zu lachen. »Entführt? Was für ein Quatsch. Wir sind ein Paar. Ein Liebespaar, und meine Süße steht auf solche Spielchen. Stimmt's Sina?« Sein eisiger Blick sollte einschüchternd wirken, offenbar hatte er Sina jedoch völlig falsch eingeschätzt.

Jan Berg befreite sie von ihren Fesseln, während Bea den Entführer in Schach hielt.

»Und wo wir schon mal so gemütlich beieinander sind, habe ich auch noch ein paar Fragen an Sie, Herr Uckena.«

»Was wollen Sie denn von mir wissen? Ihr Kollege kennt mich, der kann Ihnen alles über mich erzählen.«

»Richtig. Ich bin von ihm auch schon gut informiert worden. Leider konnte er mir keine Auskunft darüber geben, wo Sie sich vorgestern Nachmittag um siebzehn Uhr aufgehalten haben. Also, Herr Uckena, ich höre.«

»Wo soll ich schon gewesen sein. In meinem Hotel natürlich«, antwortete er wie aus der Pistole geschossen. Doch dann korrigierte er sich. »Nein, stimmt nicht, ich war mit meiner Süßen hier verabredet. Wir waren in meiner Privatwohnung. Wenn Sie's noch genauer wissen wollen, wir waren zusammen im Bett und hatten heißen Sex. Stimmt's Sina.«

Bea Bissick beobachtete wachsam Sinas Mimik. Es schien der Nichte des Professors peinlich zu sein, aber sie nickte es ab. Zum fraglichen Zeitpunkt hatte sie sich also mit Immo vergnügt.

»Wars das jetzt?«, knurrte Immo verdrießlich.

»Im Moment ja. Was Sie jedoch mit dem Krimimanuskript wollen, das erzählen Sie uns morgen früh auf der Polizeiwache.«

»Was soll das denn? Weshalb?«

»Das wissen Sie sehr genau. Also, morgen früh um zehn. Sina, du kommst heute noch mit uns aufs Revier.«

Die junge Frau lächelte erleichtert, dann stopfte sie ihre Sachen zurück in ihre Tasche, warf den Kopf in den Nacken und verließ mit den Polizisten zusammen Immos Domizil.

Kapitel 13

Nachdem Gretje Blom die Inselpolizei alarmiert hatte, wollte sie mit Piet noch einmal nach der traumatisierten Bibliotheksmitarbeiterin sehen.

»Lass uns mal nach Gesa schauen«, schlug Gretje vor. »Ob die den Schock wohl schon verkraftet hat? Was meinst du, Piet?«

Der schüttelte den Kopf. Piet glaubte nicht, dass Gesa schon wieder am Arbeitsplatz anzutreffen war. »Übrigens hat Onno bei seinen Fotos noch mehr Bilder gefunden, auf denen diese Hendrike mit ihrer Tochter abgebildet ist«, verriet Piet.

»Hoffentlich hilft uns das weiter. Aber jetzt gehen wir erst zur Bücherei.«

Mit einem mulmigen Gefühl betraten die Senioren das Conversationshaus, verzichteten heute auf einen Kaffee oder einen Rundgang durch die Halle, sondern liefen gleich zur Bücherei. Trotz des tödlichen Unfalls war sie schon wieder geöffnet. Gesa de Boer trafen sie allerdings nicht an, sondern deren erfahrenere Kollegin Ebba, die aus ihrem Urlaub zurück war.

»He!«, grüßte Gretje sie nach Art der Einheimischen. »Ist deine Kollegin auch anwesend?«

Ebba stöhnte auf. »Die ist krank. Das muss ja schrecklich für sie gewesen sein. Aber nun muss ich hier allein sitzen und kann noch nicht einmal zum Klo gehen, ohne ein schlechtes Gewissen zu haben.«

Gretje nickte.

»Wie gut, dass du gerade in der Nähe warst und dich um sie gekümmert hast. Du warst als Erste am Unfallort, hab ich gehört? Der arme Professor, das ist alles so furchtbar. Der war doch so oft bei uns und wir haben immer ein wenig geschnackt. Manchmal kam er auch in Begleitung einer Dame. Die sind dann beide in die Welt der Bücher abgetaucht und haben alles um sich herum vergessen.«

»Hat er dir die Dame vorgestellt?«, fragte Gretje.

»Nur seine Haushälterin. Die müsste aber längst wieder abgereist sein.« Sie überlegte. »Die andere Dame habe ich in diesem Jahr noch nicht mit ihm gesehen. Die kam immer erst in seinen letzten Urlaubswochen.«

»Du hast nicht zufällig ein Bild von den beiden?«

»Datenschutz!«, erwiderte Ebba nur. »Ich mache doch hier keine Fotos von den Besuchern. Wo kämen wir denn dann hin?«

»Wenn die wieder da ist, dann sag mal Bescheid. Machst du das, Ebba?«

»Warum denn?«

»Damit sie seine Nichte treffen kann, die bei uns in der Friesenrose wohnt«, antwortete Gretje schlagfertig. »Sie wird sich doch bestimmt dafür interessieren, wie es mit seinem Krimi weitergeht.«

»Ah. Verstehe.« Ebba notierte Gretjes Telefonnummer. »Ich glaube, die war auch vom Fach. Vielleicht sogar eine Autorenkollegin. Oder seine Agentin. Ich habe mal gehört, wie sie sich über Verlage unterhalten haben. Sie schien sich da ganz gut auszukennen.«

»Was würde die Bücherei bloß ohne dich machen, Ebba.« Gretje schnackte noch ein Weilchen mit ihr, während Piet sich die Bücher ansah, die auf der Empore in den Regalen standen. Gretje schaute sich auch noch einmal alles an. Sie näherte sich auch dem Klavier, hob den Deckel an und ließ dann ihre Finger mutig über die Tasten gleiten, die bei jeder Berührung schmerzlich aufjaulten.

»Kein Wunder, dass der Professor sich erschreckt hat«, rief Piet ihr von oben zu. »Da kann das Herz schon aus dem Takt geraten.«

Als sie den Deckel wieder zuklappen wollte, klemmte der jedoch. Er wollte sich einfach nicht schließen lassen. Gretje nahm einen weiteren Anlauf, als der auch erfolglos blieb, bat sie Piet, sich der Sache anzunehmen. »Guck du mal, ob du sehen kannst, woran das liegt.«

Piet verschwand mit dem Kopf halbwegs in der Tastatur, mit den Fingern suchte er nach einem Fremdkörper, der dort nicht hingehörte. Wenig später hielt er ihn in den Händen.

»Was ist das denn?«, wisperte Gretje aufgeregt, als sie erkannte, dass Piet ein Diktiergerät zum Vorschein gebracht hatte. Ein rotes Diktiergerät. »Das ist es!«, flüsterte sie ehrfürchtig und blickte über die Schulter, ob sie beobachtet worden waren. Das schien nicht der Fall zu sein. Unauffällig ließ sie das begehrte Teil in ihrem Beutel verschwinden.

»Komm Piet, wird Zeit. Mal hören, was Onno zu bieten hat.«

»Hast du eigentlich schon was gehört, ob unsere Polizei Sina gefunden hat?«

»Mannomann, das hab ich ja über der Aufregung ganz vergessen.« Gretje Blom schaute auf ihr Smartphone und nickte. Sie tippte die Nachricht von Jan Berg an und zeigte sie ihrem Freund. »Sie haben Sina befreit. Sie war bei Immo. Anscheinend nicht freiwillig.«

»Da bin ich aber neugierig, was die uns zu erzählen hat. Die wird ja wohl nicht so verrückt sein und immer noch die letzten Wochen im Wellenreiter verbringen wollen.«

»In der Pension ist dat Wicht nicht sicher. Das müssen wir ihr ausreden. Du kannst dich da ja einquartieren«, grinste Gretje. »Du hast zu der Chefin doch so'n guten Draht.«

»Nee. Ich bleib lieber in meinem Dachstübchen in der Friesenrose. Du kannst ja mit Sina da einziehen.«

Gretje zog einen Flunsch, die Vorstellung gefiel ihr überhaupt nicht.

Als sie gingen, fragte Ebba scherzend, ob sie vorhin das Klavier zerlegt hätten. Es hätte sich ja gefährlich angehört.

»Nee. Alles gut. Ich musste nur meinen Freund aufwecken, da hab ich mal versucht, dem Flügel ein paar Töne zu entlocken. Piet war da oben schon am Dösen. Ach, da fällt mir noch was anderes ein …« Gretje nahm einen Stift zur Hand und wandte sich der Bibliothekarin zu. »Kannst du mir sagen, wo Gesa auf der Insel wohnt. Ich würde gerne noch einmal nach ihr schauen. Das hab ich ihr versprochen, bei der ganzen Aufregung aber völlig vergessen, nach ihrer Adresse zu fragen.«

»Was wollt ihr denn alle von Gesa? Unsere moppelige Polizistin war auch schon hier und hatte dasselbe Anliegen. Gesas Adresse hab ich leider nicht, ich kann dir wohl ihre Handynummer geben.«

Gretje gab sich damit zufrieden. Sie hatten an diesem Tag schon weit mehr erreicht, als erhofft. Nun brannte sie darauf, das geheimnisvolle Diktiergerät abzuhören. Wenn sie den Inhalt kannte, dann würde es ein Kinderspiel sein, die Person, die dem Tod von Professor Dr. Düvel verschuldet hatte, ausfindig zu machen, dachte sie.

***

Da Swantje Robben nicht viel für Bücher übrig hatte, war sie angenehm überrascht, als sie Gesa de Boer nicht in der Bibliothek antraf. Sie rief sie auf dem Handy an. Gesa jammerte ins Telefon, dass es ihr noch nicht wieder gut ginge und dass sie sich krankgemeldet hatte.

»Dann komm ich dich besuchen. Soll ich dir etwas mitbringen? Brauchst du was?«

Tatsächlich hatte Gesa einen Wunsch. Swantje sollte für Mister Grey dessen Lieblingsleckerlis einkaufen.

»Wenn du mir sagst, wo ich die kriege, dann bringe ich sie dir gern sofort vorbei. Bist du noch in dem schicken Hotel untergebracht, von dem du mir erzählt hast?«

»Ja, in der Wellenkrone. Bei mir ist es aber nicht so superschick wie bei den Gästen. Ich hab hier eine Souterrainwohnung, wundere dich nicht. Zimmernummer U6.«

Sofort machte Swantje sich auf den Weg, die Leckerlis zu besorgen, dabei nahm sie für Gesa und sich auch noch Leckerlis in Form von Sahnetorte mit. Sie verstaute alles in dem Korb ihres Dienstrads und war zwanzig Minuten später bei Gesa.

»Moin«, schnaufte Swantje Robben, als sie ankam. Sie war froh, dass sie nicht ins Dachgeschoss hochmusste. Dann hätte sie allerdings den Fahrstuhl genommen. Die Kellerwohnung lag am Ende eines langen Flures, der von dem modernen und blitzsauberen Treppenhaus abzweigte.

»Moin, Swantje. Das ist aber echt nett von dir, dass du für mein Katerchen etwas mitgebracht hast. Der merkt nämlich auch, dass es seinem Frauchen nicht gut geht. Er ist es ja überhaupt nicht gewohnt, mich den ganzen Tag um sich zu haben.«

»Für uns habe ich auch was mitgebracht. Machst du uns einen Tee?«, fragte Swantje. Sie stellte das Kuchentablett auf die Küchenzeile, gleich hinter der Wohnungstür. Von dort aus blickte sie in einen kleinen Wohnraum, der mit dem Nötigsten aus einem bekannten schwedischen Möbelhaus möbliert war.

»Schläfst du auch in diesem Raum?«

Gesa grinste. Nein, ein Schlafzimmer und ein eigenes Bad sind noch dabei. Swantje machte eine kleine Besichtigung, dabei sah sie ihren Verdacht bestätigt. Ein ausladendes Boxspringbett im Schlafraum lud zum Kuscheln ein. Sie pfiff durch die Zähne. »Das nenn ich aber mal üppig. Ist das nicht ein bisschen groß für den kleinen Raum?«

»Viel zu groß«, murmelte Gesa, wobei sie das Gesicht verzog. »Aber du bist ja bestimmt nicht hergekommen, um dir nur meine Wohnung anzusehen. Bist du dienstlich hier oder privat?«

»Beides«, antwortete die Kommissarin. »Ich frage mich schon die ganze Zeit, wieso du in dieser noblen Herberge ein Haustier halten darfst.« Wie aufs Stichwort maunzte der graue Stubentiger, kam unterm Sofa hervor und strich um Swantjes Beine.

»Mister Grey«, stellte Gesa ihren Kater vor.

Swantje fing an zu grinsen, kam dann aber auf ihre Frage zurück. »Erzähl mal, was habt ihr für einen Deal wegen dem Tier? Was verlangt Immo Uckena als Gegenleistung? Sollst du mit ihm gelegentlich das große Bett teilen?«, fragte sie direkt heraus.

Gesa sprang hoch und goss das Teewasser auf. »Wie soll ich sagen, es hat sich so ergeben.«

»Was hat sich ergeben? Nun mal Butter bei die Fische. Verlangt er sexuelle Dienste von dir, damit Mister Grey hierbleiben kann?«

»Und ich dachte, du wolltest mit mir über den Toten in der Bibliothek sprechen.« Gesas Hände zitterten, als sie das ostfriesische Nationalgetränk einschenkte. »Es ist nicht so oft und ich kann es ertragen, wenn er was von mir will«, gab sie zögernd zu.

»Und du machst einfach so mit? Gefällt er dir? Bist du in ihn verknallt?«

»Spinnst du? In den doch nicht. Aber was tut man nicht alles für sein geliebtes Haustier.«

»Also, wenn das gegen deinen Willen geschieht, dann ist das sexuelle Nötigung, wenn nicht sogar Missbrauch. Dann bist du bei mir genau an der richtigen Adresse.«

»Es ist alles freiwillig«, beschwichtigte Gesa sofort. »Keine Panik.«

»Na gut. Lassen wir das Thema. Das muss ja auch jeder selber wissen. Ich könnte das nicht.«

»Du hast ja auch keinen Vierbeiner, den du liebst.«

Swantje probierte den Kuchen, dann kam sie auf den Tod des Professors zu sprechen.

»War an dem Nachmittag wirklich niemand sonst in der Bibliothek, als du ihm gesagt hast, dass gleich Feierabend ist? Überleg doch noch einmal.«

»Nein, keine weiteren Besucher. Aber, warte mal, der Hausmeister sollte etwas nachsehen, ich glaube, der hielt sich da noch irgendwo auf. Als ich aber von der Toilette zurückkam, war wirklich niemand mehr da.«

»Und dann hast du den letzten Besucher ein zweites Mal freundlich aufgefordert zu gehen?«

Gesa starrte in das Sahnewölkchen in ihrem Tee, das sich immer mehr ausbreitete. »Ja, zuerst hab ich das wohl gemacht. Aber dann hab ich das getan, was Immo mir geraten hatte, wenn jemand nicht spurt. Ich habe richtig laut in die Tasten gehauen. Ich konnte doch nicht ahnen, dass der sich so verjagt und dann die Treppe runterknallt.«

»Und dann bist du sofort zu dem Professor hin und wolltest ihm helfen? War doch so, oder?« Gesa schluckte. Sie versuchte, ihre Mimik unter Kontrolle zu bringen, was ihr aber nicht so recht gelingen wollte. Swantje bemerkte es und provozierte weiter. »Hat er noch etwas zu dir gesagt? Er war ja nicht sofort tot.«

»Ich weiß es nicht. Hör doch auf, Swantje!« Gesa schlug sich die Hände vors Gesicht, ihre Schultern bebten.

»Also hat er noch etwas gesagt!«, stellte die Polizistin erbarmungslos fest. Gesa nickte kaum wahrnehmbar. »Was denn?«

»Ich habe ihn doch gar nicht verstanden. Ich glaube, er meinte seinen Krimi, den er ans Tageslicht bringen wollte. Er hat vom Tageslicht gesprochen. Aber das tun Sterbende ja auch, wenn sie durch den Lichttunnel in Gottes Reich eingehen.«

»Aha«, machte Swantje. Sie rollte mit den Augen, sah Gesa unerbittlich an und verlangte nun den Rest der Geschichte. »Und dann bist du weggerannt, wie eine gesengte Sau und hast Hilfe gerufen? Oder hast du versehentlich Sachen von ihm an dich genommen?«

»Ähm. Er hatte was von einem roten Ding erzählt. Und ich hatte etwas Rotes gesehen. Das habe ich genommen.«

»Und wo ist das jetzt? Würdest du mir das bitte geben? Das könnte wichtig sein.«

»Das hab ich nicht mehr«, schnuffelte sie in ein Riesentaschentuch. Mister Grey sprang auf ihren Schoß und fing an zu schnurren, wie, um sie zu beruhigen. Gedankenverloren streichelte sie das weiche Fell des kleinen Tigers. »Ich wusste nicht, wo ich damit hinsollte. Immo hat gesagt, ich soll immer gut aufpassen, ob der Professor vielleicht mal was vergisst. Dann sollte ich Immo das geben.«

»Das ist ja interessant. Was interessiert dieser Immo sich denn plötzlich für seine Mitmenschen?«

»Bei dem geht es um nichts anderes als Geld, Macht und Sex«, begehrte Gesa auf.

»Dann hast du das rote Ding also an Immo weitergegeben? War es so?«

»Nein! Ich habe es im Klavier verschwinden lassen, bevor ich in die Halle gelaufen bin. Und dann weiß ich nicht mehr, was war. Dann kam Gretje und hat sich um den Professor gekümmert, aber da war der schon tot.«

Swantje verspeiste noch den Rest von Gesas Tortenstück, sie hatte kaum davon probiert.

»Was hältst du davon, wenn ich Augen und Ohren offenhalte, damit du eine andere Bleibe findest?«, bot Swantje an.

»Das wäre zu schön. Es ist zwar gemütlich hier, aber es stört mich schon, dass Immo einen Schlüssel zu dieser Wohnung hat und jederzeit reinkommen kann.«

»Ist das wahr?« Swantje war außer sich. »Dann wirds aber höchste Zeit, dass sich das ändert.«

Swantje blieb noch ein paar Minuten bei Gesa, dann radelte sie ein zweites Mal zum Conversationshaus. Höchstpersönlich wollte sie in dem Klavier nachschauen, ob sie das rote Ding fand. Jan und Bea würden Augen machen, wenn sie ihnen das Beweisstück lieferte!

Kapitel 14

Auf dem Rückweg von der Bibliothek zur Friesenrose wunderten sich Gretje Blom und Piet, als Swantje an ihnen vorbeifuhr. Grüßend hob die junge Polizistin die Hand, während sie kräftig in die Pedale trat.

»Mannomann, die hat es aber eilig«, lästerte Gretje. »So flott hab ich die ja noch nie gesehen.«

»Wer weiß, vielleicht ist wieder ein Mord geschehen«, frotzelte Piet. »Oder sie hat jetzt ein E-Bike.«

Als sie in der Friesenrose eintrafen, saß Onno mit einer Kanne Tee vor zwei Stapeln vergilbter Fotoalben.

»Seht euch das mal an.«

Gretje sah ihm über die Schulter und erblickte die Rote Lola auf einem Foto, die sich an den damals noch schlanken Ostfriesen schmiegte.

»Dat kannste ja wohl auch mal langsam wegschmeißen. Du willst die doch nicht ewig aufbewahren?«, zischte sie ihn an. »Ist schon schlimm genug, dass du das Weibsbild immer noch auf deinem Bizeps zur Schau stellst.«

Onno grummelte etwas Unverständliches und klappte das Album zu. Dann nahm er eins von dem anderen Stapel, schlug es auf und tippte auf die Bilder, auf denen Hendrike und Antonia zu sehen waren.

»Wer hat denn die Fotos gemacht?«, fragte Gretje nach. »Du doch bestimmt nicht, Onno?«

»Nee. Ich hatte ja nicht einmal einen Fotoapparat. Und Handy gabs ja noch nicht.« Er nahm seine Mütze vom Kopf, würgte sie kräftig, setzte sie wieder auf und erinnerte sich plötzlich, wer der Fotograf gewesen war.

»Das muss der Vater von dem Düvel gewesen sein. Die waren ja damals auch schon immer zur Sommerfrische auf unserer Insel, mit ihrem Sprössling, dem Professor.«

»Waren die denn mit Hendrikes Eltern befreundet?«

»Was weiß ich! Die Frau war ja immer allein da mit ihrem Kind. Glaub nicht, dass die Eltern sich kannten.«

»Piet, wir brauchen ein Foto von Gunda Uckena, aus ihrer Kindheit. Du kannst doch so gut mit ihr, versuch mal, es in die Finger zu bekommen. Oder es unauffällig abzulichten.«

Piet sah Gretje an, als stände eine leibhaftige Meerjungfrau vor ihm. »Wie soll ich da denn drankommen? Wir wollten uns doch erst mal anhören, was auf dem roten Diktiergerät ist. Das hat oberste Priorität!«

»Jau. Das sollten wir abhören, bevor wir es unseren amtlichen Ermittlern überlassen«, stimmte Gretje ihm zu.

Schon brachte die SOKO Inselschreiber das Gerät zum Laufen und stellte es ganz laut. In abgehackten Sätzen schnarrten die Worte des Professors in den Raum. Gretje, Piet und Onno fanden seine geistigen Ergüsse nicht besonders erhellend. Hauptsächlich ging es um Rache, um ein Unrecht, das durch den Mordfall seines Krimis gesühnt werden sollte. Und da sein Werk auf Norderney spielte, waren alle beteiligten Figuren von der Insel. Namen hatte er allerdings nicht genannt.

»Kapiert ihr, was das soll?«, fragte Gretje ihre Jungs.

Keiner sagte etwas, aufmerksam hörten sie weiter zu. Gegen Ende wurde es mit einem Mal doch noch spannend.

»Sina, mein Mädchen, oder wer auch immer dieses Diktat abhört: Ihr glaubt doch nicht etwa, dass ich es euch so einfach mache? Das ist viel zu riskant. Sollten bestimmte Personen Wind von der Sache kriegen und sich entlarvt fühlen, schrecken die vor nichts zurück. Deshalb gibt es noch ein zweites rotes Diktiergerät. Ruft die Nummer an, die ich euch jetzt sage, meine Agentin meldet sich darunter. Der könnt ihr vertrauen. Sie kennt die Auflösung des Falls und sie kümmert sich um die Veröffentlichung. Ich hoffe, ich bin bis dahin wieder bei bester Gesundheit. Von meiner

Herz-OP habe ich mich dummerweise noch nicht ganz erholt.« Es knackte in dem Aufnahmegerät, dann schaltete es sich von allein aus.

Onno knubbelte wieder einmal seine Mütze. »Dann sollten wir die Dame gleich mal anrufen«, schlug er vor und war schon im Begriff, ihre Nummer zu wählen. Im selben Moment ging jedoch ein Anruf darauf ein, im Display erschien die Nummer, die er gerade wählen wollte. Onnos Hände fingen an zu zittern. Er glaubte an einen bösen Spuk, von dem sich die Seefahrer in stürmischen Nächten auf dem Meer häufig erzählten.

»Geh du dran.« Er reichte sein Handy an Gretje weiter.

»Gretje Blom hier, wer dort?« Die Dame in der Leitung war irritiert und fragte nach Onno. Sie wollte mit niemand anderem sprechen und gab nicht eher auf, bis sie ihn am Ohr hatte. Einsilbig knurrte er ins Telefon, dann ging er nach nebenan, wo ihn niemand hören konnte. Es dauerte lange, bis er wieder zu den anderen zurückkam.

»Was ist denn los? Mensch Onno, du bibberst ja.« Gretje wollte ihn mit einem Schnaps beruhigen, doch er lehnte ihn entschieden ab.

»Kinners, wir müssen einen klaren Kopf behalten. Die Dame, von der wir eben gesprochen haben, war am Apparat. Sie ist auf der Insel und will heute noch vorbeikommen.«

»Sollen wir Jan Berg und Bea Bissick Bescheid sagen?«, fragte Piet. »Sollen die herkommen?«

Onno schüttelte den Kopf. »Noch nicht. Das wäre zu viel. Gretje, du kannst deinem Inselpolizisten aber tickern, dass du das rote Diktiergerät gefunden hast. Das hilft ihnen sicher weiter, dann kann Sina auch ganz beruhigt sein.«

***

Auf dem Polizeirevier quetschten die Ermittler Sina Düvel über den Inhalt des Krimis aus. Sina weigerte sich jedoch, Details preiszugeben.

»Mein Onkel wünscht nicht, dass ich die Geschichte aus der Hand gebe, bevor das Wort Ende unter seinem Manuskript steht. An dem Punkt bin ich noch nicht. Allerdings nahe dran. Dafür benötige ich sein rotes Diktiergerät. Wenn die Polizei mein Freund und Helfer ist, dann solltet ihr alles daransetzen, es zu finden.«

»Wie ist das eigentlich mit den Einnahmen?«, warf Bea ein. »An wen geht das Geld aus den Verkäufen? Vorausgesetzt, das Buch wird ein Bestseller?«

»Gute Frage«, meinte Jan Berg. Darüber hatte er sich noch keine Gedanken gemacht. »Ist das schon irgendwo vertraglich geregelt? Hatte Ihr Onkel mit Ihnen darüber gesprochen?«

Sina seufzte genervt auf. »Ja. Wir haben uns darüber unterhalten. Es gibt einen Verlagsvertrag, in dem es eine Klausel gibt, die regelt, was im Todesfall mit den Tantiemen geschieht. Ich denke, das hat er alles in sein Testament mit aufgenommen. In diesen Angelegenheiten war er sehr genau. Ich nehme an, der Notar wird sich in den nächsten Tagen bei mir melden, ich bin seine Haupterbin. Es gibt aber auch noch andere Personen, die von seinem Vermögen etwas abbekommen. Genaueres weiß ich nicht. Das bleibt abzuwarten.«

»War Ihr Onkel sehr wohlhabend? Haben Sie eine Ahnung, wie groß sein Vermögen ist?«

Sina schüttelte den Kopf. »Er besitzt mehrere Häuser und Eigentumswohnungen, soweit ich weiß auch Aktien. Und ein dickes Bankkonto. Kein Wunder, er hat immer sehr sparsam und zurückgezogen gelebt. Er war ja nie verheiratet und Kinder hat er nicht.«

»Dann haben Sie ja bald ausgesorgt«, konnte Swantje sich die Bemerkung nicht verkneifen. Sie war gerade zur Tür hereingekommen und hatte den Schluss aufgeschnappt. »Ich mache denn mal einen Kaffee«, schlug sie vor. »Jan, komm mal eben mit, ich hab interessante Neuigkeiten.«

Die Ermittler wechselten einen Blick, Jan Berg stand auf und folgte Swantje in die Kaffeeküche.

Bea nutzte seine Abwesenheit für ein Gespräch von Frau zu Frau. Sie sprach Sina Düvel auf ihr Verhältnis zu Immo an. Sie stellte die Vermutung in den Raum, dass es sein könnte, dass Immo Uckenas Interesse an Sina nur vorgetäuscht und er von Anfang an auf das Erbe des Professors scharf war.

»Was haben Sie denn für eine kranke Fantasie! Ist das in Ihrem Job schon so selbstverständlich, dass jeder einem was Böses will, wenn er mit einem flirtet? Oder haben Sie selbst so viele schlechte Erfahrungen gemacht?«

Bea musste schlucken, die Frage konnte sie nicht beantworten. Da war was dran. Eine Art Berufskrankheit.

»Leider werden wir immer wieder mit derartigen Fällen konfrontiert«, sagte sie entschuldigend. »Aber mal im Ernst, völlig abwegig ist der Gedanke doch nicht. Wenn man bedenkt, dass er Sie entführt hat, um an das Manuskript zu kommen.«

Sina blinzelte, aber dann schossen ihr doch die Tränen in die Augen. »So abgebrüht kann man aber doch nicht sein. Oder? Mein Onkel hat in seinem Roman zwar auch üble, echt harte Szenen drin, aber das ist ja alles nur ausgedacht und entspricht nicht der Realität.«

»Das wollen wir mal glauben. Ist Ihnen eigentlich bewusst, dass Sie die Einzige sind, die von seinem Tod profitiert? Sie hätten ein wirklich starkes Motiv.«

Sina sprang von ihrem Stuhl auf und lief zur Tür, sie wollte nur noch raus. Doch sie machte die Rechnung ohne die beiden anderen Polizeibeamten, denen sie in die Arme lief.

»Was ist denn hier los?«, fragte Jan seine Kollegin Bea. Mittlerweile wusste er ganz gut, dass sie durch ihre Art, jemandem auf den Zahn zu fühlen, gern mal übers Ziel hinausschoss. »Sina«, sprach er die aufgebrachte junge Frau an, »worüber haben Sie sich so geärgert?« Er stellte ihr einen Kaffee hin und sah sie aufmunternd an. Swantje reichte ihr schweigend eine große Packung Papiertaschentücher.

»Da. Schnäuz dich erst mal.«

Sina schluchzte noch einmal auf, dann mühte sie sich ab, ihren Gefühlsausbruch unter Kontrolle zu bekommen. Jan und Bea steckten die Köpfe zusammen und tuschelten derweil miteinander. Das Ergebnis war, es für heute gut sein zu lassen.

»Was? Wieso? Bin ich jetzt plötzlich nicht mehr verdächtig«, fragte sie jämmerlich.

»Welcher Verdacht?«, hakte Jan Berg nach.

»Dass ich eine Erbschleicherin bin und Ihre Kollegin mich verdächtigt, für den Tod meines Onkels verantwortlich zu sein.«

Jan Berg bedachte Bea mit einem eisigen Blick. Ihre Art einer Befragung musste er unbedingt einmal thematisieren. »Davon war nie die Rede«, beschwichtigte er Sina. »Dürfen wir Sie zurückbringen zur Friesenrose?«

Als das Trio Onno Fokkens Häuschen erreichte, fanden sie die Bewohner in heller Aufregung vor. Gretje erkundigte sich sofort bei Jan nach der Nachricht, die sie ihm geschrieben hatte.

»Hast du das wenigstens gelesen?«, fragte sie.

Er schüttelte den Kopf, holte sein Handy hervor und überflog ihre Zeilen. »Oh, Mann«, knurrte er. »Hätte ich das man früher gelesen. Wo ist es?«

Seine Begleiterinnen sahen ihn fragend an.

»Das rote Diktiergerät. Gretje Blom hat es gefunden.«

»Echt?«, Sina stieß einen Freudenschrei aus, in ihren Augen blitzte es auf. Man konnte ihr ansehen, wie ein Teil der Anspannung von ihr abfiel. »Das brauche ich. Kann ich es sofort haben? Damit ich den verdammten Schluss endlich schreiben kann.«

»Nu man nicht so eilig, Kindchen«, sagte Gretje. »Damit kannst du wahrscheinlich nicht viel anfangen. Wir haben es bereits abgehört.«

»Die Sache hat einen Haken«, merkte Onno an. »Es gibt nämlich noch ein zweites rotes Diktiergerät.«

»Wo habt ihr das eigentlich her?«, wollte Bea Bissick wissen. Jan Berg hatte ihr noch nicht alles von dem erzählt, was Swantje in Erfahrung gebracht hatte. »Hast du das dem toten Professor abgenommen? Das wäre ja wieder einmal typisch für Gretje Blom.«

Piet wurde bei Beas Unterstellung richtig wütend. Mit deutlichen Worten verteidigte er seine alte Freundin, sodass Bea ein »Entschuldige, war nicht so gemeint«, hervorquetschte.

»Dat hab ich heute rein zufällig in der Bibliothek entdeckt«, sagte Gretje. »Es befand sich in dem Klavier. Hab gedacht, ich könnte ja mal ein paar Takte spielen, damit Piet nicht eindöst.«

»Pfft«, machte Bea und streckte schon die Hand nach dem Gerät aus. »Das benötigen wir. Gib her.«

»Bitte schön.« Verächtlich gab sie ihr das Corpus Delicti. »Viel Spaß beim Abhören.« Und zu Sina sagte sie: »Keine Panik, mien Wicht. Piet hat alles kopiert. Wenn unsere

Ermittler weg sind, hören wir uns das zusammen an. Die haben es jetzt bestimmt bannig eilig.«

Sie nickte Onno zu. Der schickte sich sofort an, die Ermittler hinauszubitten.

»Setz dich Sina. Das wird heute noch spannend.«

Kapitel 15

»Das war ja ein glatter Rausschmiss«, empörte sich die Hauptkommissarin. »Und dann besitzt die Alte auch noch die Frechheit, uns ins Gesicht zu sagen, dass sie es abgehört und auch noch überspielt haben. Jan, was sagst du denn dazu? Das ist doch nicht in Ordnung!«

»Immerhin haben sie uns das Original ausgehändigt. Bin echt neugierig, was drauf ist.«

»Dann wollen wir mal auf dem schnellsten Weg zurück auf die Wache«, schlug Bea vor. »Aber vorher muss ich noch was essen. Fischbrötchen?«

»Nee. Pizza!«

»Okay.« Sie gingen zum Italiener, bestellten zwei Pizzen und während sie warteten, berichtete Jan ausführlich von Swantjes Besuch bei Gesa de Boer.

»Dann stimmt das also wirklich mit dem Klavier. Ich dachte, die verarscht uns.«

»Wenn du weiterhin gut mit mir zusammenarbeiten willst, dann sprich bitte nicht immer so abfällig von Gretje Blom. Und behandle sie nicht so von oben herab. Verstanden?«

»Mein Gott, du bist ja ein richtiges Sensibelchen, wenn's um deine Tante Gretje geht.«

»Du weißt sehr gut, dass sie nicht meine Tante ist, sondern die beste Freundin meiner Mutter war. Mit Sina bist du auch nicht gerade zimperlich umgegangen. Was ist los mit dir, Bea? Hast du Stress mit deinem Haarkünstler.«

»Vergiss es. Den lass ich nicht mal mehr an meine Haare«, schnaubte sie. Zum Glück wurde nun ihre Nummer aufgerufen und sie ging hinein, um die Pizzen abzuholen.

»Dann ist endgültig Schluss mit euch?«, hakte Jan Berg nach.

Bea zupfte sich den Rucola vom Belag, schob sich ein Stück in den Mund und nickte kauend. Als sie den Mund wieder frei hatte, kippte sie sich ein halbes Glas Rotwein in ex in den Hals. Erst dann rückte sie mit dem heraus, was ihr auf dem Herzen lag und über das sie sich bisher nicht zu sprechen getraut hatte.

»Nu red nicht so lange drum herum. Was ist denn los?«

Bea sog tief die Luft ein und ließ sie dann zischend wieder raus. »Ich bin mir nicht sicher, ob ich auf der Insel bleiben will. Meine früheren Kollegen würden mich gern wieder in ihrem Team sehen und mich mit Kusshand zurücknehmen.«

Jan Berg blieb ein Champignon in der Speiseröhre stecken, als ihm bewusst wurde, was das für ihn bedeutete. Er hustete um sein Leben, Bea holte kräftig aus und klopfte ihm so lange den Rücken, bis er wieder normal atmen konnte.

»Bea, wir haben uns doch gerade so richtig aneinander gewöhnt. Ich brauche dich auf der Insel auch. Wir alle brauchen dich hier. Und wenn dein Lover eine Niete war, dann sieh dich mal um, es gibt jede Menge andere tolle Kerle.«

»Meinst du etwa dich?« Sie zog eine Augenbraue hoch und sah aus, als wollte sie gleich laut loslachen.

Jan biss in seine Pizza und ging nicht weiter auf ihre Scherze ein. »Willst du denn weg?«

»Teils, teils«, gab sie zu. »Es wäre aber erst zum neuen Jahr. Bis Ende Oktober soll ich eine Entscheidung getroffen haben.«

»So'n Schiet aber auch«, murmelte der Hauptkommissar, dann wurde er wieder dienstlich. »Bis dahin lösen wir aber erst mal das Rätsel um den Tod des Professors. Und über die andere Sache, da reden wir noch mal in Ruhe. Einverstanden? Es hat aber nichts damit zu tun, dass ich dich eben wegen Gretje angespitzt habe. Oder?«

»Ist schon okay. Ich weiß ja selbst, dass ich nicht immer ganz einfach bin. Aber nun lass uns aufs Revier gehen und hören, was der Professor auf dem roten Ding hinterlassen hat.«

Obwohl Swantje seit zwei Stunden Feierabend hatte, saß sie immer noch hinter ihrem PC, als Bea und Jan die Büroräume betraten.

»Oh! Du bist noch da?« Bea warf einen Blick auf die Uhr, es war schon Abend.

»Ich habe auf euch gewartet. Ihr habt euch ja ganz schön viel Zeit gelassen, von der Friesenrose bis hierhin.«

»Wir mussten noch 'ne Kleinigkeit essen. Pizza«, erwiderte Jan Berg, womit er Swantje richtig verärgerte.

»Und wo ist meine Pizza? Glaubt ihr vielleicht, ich lebe nur von Luft und Liebe?«

Betreten sahen sich die Ermittler an.

»Was gibts denn so Wichtiges?«, versuchte Bea abzulenken.

»Der Professor hatte doch was mit dem Herzen«, fing sie an. »Die KTU hat aber keine Spuren von seinen Betablockern nachweisen können. Das ist das eine. Dann hat sich eine Renate Hülsmann gemeldet. Die sagt, sie ist seine Haushälterin gewesen. Durch die Nichte hat sie vom Tod ihres Chefs erfahren. Sie will morgen herkommen und ihn noch einmal sehen.«

»Das geht doch gar nicht.« Bea rollte mit den Augen.

»Hab ich ihr auch gesagt, aber sie will trotzdem herkommen. Es wäre wichtig, meinte sie.«

»Hast du ihr einen Termin gegeben? Du hast ja gesehen, dass der schöne Immo morgen Vormittag zur Befragung im Kalender steht?«

»Klar hab ich das gesehen. Bin ja nicht blöd, nur weil ich dick bin«, antwortete Swantje Robben patzig. »Ich hab die Haushälterin für vierzehn Uhr eingeladen, wenn es den Herrschaften recht ist. Und nun mache ich Feierabend und schieb mir 'ne Pizza rein. Viel Spaß noch euch beiden.« Swantje fuhr ihren PC runter, ordnete die Stifte auf ihrem Schreibtisch, dann knallte sie grußlos die Bürotür hinter sich zu.

»Auch Liebeskummer bei Swantje?«, vermutete Jan Berg. »Oder liegt das am Vollmond, dass ihr heute alle so schräg drauf seid?«

»Lass uns lieber das Diktiergerät abhören«, meinte Bea.

Jan Berg schaltete das rote Aufnahmegerät ein. Erwartungsvoll hörten sie der Stimme des Professors zu.

»Ich weiß ehrlich gesagt nicht, warum der um das Geschwafel so viel Wirbel macht«, gähnte der Inselpolizist. »Das hat doch nichts mit seinem Krimi zu tun.«

»Vielleicht kommt ja noch was, sind ja nur noch ein paar Minuten.« Auch Bea musste sich ein Gähnen verkneifen. Sie hörten dennoch mehr oder weniger aufmerksam zu. Als er an den Punkt mit dem weiteren Diktiergerät kam, und die Nummer der Person nannte, waren die Ermittler wieder hellwach.

»Der muss einen verdammt guten Grund gehabt haben, es so geheimnisvoll zu machen. Langsam glaube ich auch, dass es um Mord geht. Wollen wir diese Agentin heute noch anrufen?«

Es war inzwischen schon nach neun, Jan Berg schüttelte den Kopf. Am nächsten Tag wollten sie gleich morgens bei ihr anrufen. Für heute war erst mal Schluss.

Kapitel 16

»Was hat sie denn gesagt, wann sie hier sein will?«, fragte Gretje, nachdem die Polizeibeamten weg waren.

»So schnell wie möglich«, erwiderte Onno. »Sie weiß jedoch noch nichts vom Tod des Professors. Am Telefon konnte ich ihr das doch nicht sagen. Sie war nur verwundert, oder auch beunruhigt, weshalb sie ihn nicht telefonisch erreichte.«

»Du kennst diese Agentin von ihm. Stimmt's? Was hast du ihr denn gesagt?«

»Hmm«, grummelte Onno. »Ich habe ihr gesagt, sie soll vorbeikommen. Bei der Gelegenheit kann sie auch Sina persönlich kennenlernen. Alles, was mit seinem Buch zu tun hat, kann sie dann direkt mit ihr besprechen.«

»Kennst du sie nun, oder nicht?« Gretje gab nicht so schnell auf. »Glaub nicht, du kannst das vor mir verheimlichen!«

»Die ist schon mal zusammen mit dem Düvel bei mir gewesen.«

»Mannomann, du bist aber heute wirklich eine große Hilfe.«

Mittlerweile war auch Leon von der Arbeit zurück. Piet erzählte ihm von Sinas Entführung und vom Fund des roten Diktiergeräts. Abschließend fragte er ihn, ob er bereit wäre, die kommende Nacht in der Pension Wellenreiter zu verbringen.

»Warum sollte ich? In meinem Zimmer hier fühle ich mich sauwohl.«

»Wegen des Fotos«, tat Piet geheimnisvoll. »Dem Foto in der Pension, auf dem das Mädchen abgebildet ist, das dem Wicht auf Onnos Foto so ähnlich sieht.«

»Vergiss es. Wie soll ich das denn anstellen? Soll ich nachts durchs Haus geistern und mir die Alben der Uckenas zu Gemüte führen. Nein, danke. Außerdem muss ich morgen wieder früh raus. Tut mir leid. Ist das denn so wichtig?«

Die Diskussion endete, als es an der Tür klingelte. Onno hechtete sofort hin. Er hatte wohl geahnt, wer ihn besuchen wollte.

»Da bist du ja, Rike«, begrüßte er eine aparte ältere Dame. Ganz gegen seine Gewohnheit drückte er sie herzlich. Fremd waren sich die beiden jedenfalls nicht, wie Gretje auf den ersten Blick feststellte.

Die Frau legte ihre Sachen ab, hielt sich nicht mit unnötigem Geplänkel auf, sondern kam auf den Grund ihres Besuchs zu sprechen.

»Was ist mit Antonius? Es muss etwas passiert sein. Er hat mich nie warten lassen. Toni weiß doch, dass ich komme. Er hat mich ja schließlich eingeladen und mir eine vernünftige Unterkunft organisiert. Onno, spann mich nicht auf die Folter, sag mir, was hier gespielt wird.«

Der kräftige Ostfriese wirkte mit einem Mal viel kleiner. Er machte einen hilflosen Eindruck auf Gretje Blom, die ihrem Freund jetzt zu Hilfe kam.

»Es ist kompliziert«, sagte sie zu der Fremden und bat sie ins Wohnzimmer. »Darf ich Ihnen ein Fittaminchen anbieten?«

Verständnislos sah die Frau sie an.

»Einen Sanddornschnaps. Ich bin übrigens Gretje, Gretje Blom und bin so was wie ein Familienmitglied in der Friesenrose. Mein Freddy, der jetzt bei die Fische wohnt, der ist nämlich mit Onno zur See gefahren und die beiden waren beste Kumpels«, erzählte sie. »Und Sie sind die Agentin von dem Professor?«

»Ja, so ähnlich. Wo ist Toni? Kommt er auch her? Ist er in Gefahr?«

Sina hatte das Klingeln auch vernommen und kam aus Zimmer Nummer fünf nach unten. Sie stand einen Moment unentschlossen im Raum, dann ging sie auf die ältere Frau zu, legte den Arm um sie und sagte: »Es tut mir so unendlich leid, aber es ist etwas Schreckliches passiert. Onkel Toni ist am Freitag tödlich verunglückt.«

Das folgende Schweigen in dem Raum war noch lautloser als der Gesang der Wattwürmer bei Vollmond. Rike Gruber blickte von Sina zu Onno, dann zu Gretje und wieder zu Onno und schien nur langsam zu begreifen, dass Sina ihr kein Seemannsgarn, sondern die traurige Wahrheit gesagt hatte.

»Antonius ist tot?«, hauchte sie. »Aber das darf der nicht. Wir wollten doch in diesem Urlaub das Ende feiern. Und …« Sie ließ den Satz unvollendet und ließ sich auf der nächstbesten Sitzgelegenheit nieder.

Gretje goss einen Sanddornlikör für sie ein und für sich selbst auch.

»Der Professor stand Ihnen wohl sehr nahe?« Ihr weiblicher Instinkt sagte ihr, dass die Beziehung zwischen der Agentin und dem Professor mehr als nur Freundschaft gewesen sein musste.

»Wir haben uns geliebt«, hauchte die Fremde, als spräche sie mit sich selbst. »Soo lange schon.«

»Sieh an«, war Sinas Kommentar. »Der alte Geheimnistuer. Davon hat er mir nie etwas erzählt, dass er …« Sie unterbrach sich, als sie merkte, wie unpassend ihre Bemerkung war.

»Rike, du schläfst heute Nacht bei uns. Auf dem Sofa kann man ganz bequem liegen«, ordnete Onno an.

»Ich kann das alles nicht glauben. War es ein Unfall? Oder gibt es Anzeichen …, dass ihn jemand zum Schweigen bringen wollte?«

»Wir glauben, es war Letzteres«, sagte Gretje. In ihrem Hirn fing es an zu rattern, als sie den Namen der Agentin vernahm. »Und du kannst uns dabei helfen, den Fall zu lösen. Wenn wir richtig informiert sind, dann kennst du den Schluss seines Krimis. Stimmt's?«

Rike sagte nichts. Es war aber offensichtlich, dass Gretjes Vermutung zutraf.

»Du weißt, welches Unrecht der Professor ans Tageslicht bringen wollte?«

Rike schluckte hart und hielt sich den Mund zu, als ob kein Wort aus ihm herausquellen dürfte.

Der Tag war für alle anstrengend gewesen, besonders, nachdem Rike aufgetaucht war. Die SOKO Inselschreiber beschloss einhellig, dass alle in der Friesenrose ein wenig schlafen sollten. Niemand von ihnen sollte in die Höhle der Löwin, im Wellenreiter nächtigen. Es war zu gefährlich, einen Anschlag auf jemanden von ihnen wollten sie nicht riskieren. Rike schwebte in Gefahr, wenn sich herumsprach, dass sie auf Norderney weilte, darüber waren sie sich einig.

Widerstrebend willigte Rike ein, in der Friesenrose die Nacht zu verbringen. Einer nach dem anderen ging schlafen, zum Schluss saßen nur noch Sina, Gretje und Rike zusammen.

Sina beäugte die Fremde, von der ihr Onkel immer nur als seiner Agentin erzählt hatte. Seine Beziehung zu ihr hatte er ihr verheimlicht. Nach und nach taute Sina jedoch auf und begann, von dem Krimi zu erzählen. An der Stelle, als sie das dramatische Geschehen am Tatort schilderte, mischte Rike sich ein.

»Die Idee, wie sein Opfer umgebracht werden sollte, stammt von mir. Antonius war nicht von der Schnapsidee abzuhalten und hat den Mord dann ziemlich brutal ausgeschmückt. Fragt mich jetzt aber nicht, wie ich darauf gekommen bin.«

»Krass«, stieß Sina aus.

Rike erwiderte nichts darauf, sie deutete nur an, dass sie müde wäre. Sina wünschte daraufhin eine gute Nacht und ging auf ihr Zimmer.

Nur Gretje Blom schwächelte noch nicht. Sie war zwar auch müde, ließ es sich aber nicht anmerken. Zudem war sie viel zu neugierig zu erfahren, woher Rike die hammerharten Ideen zu der abscheulichen Tat, jemanden mit Seifenlauge zu ertränken, hatte.

»Was meinste, Rike, wollen wie noch einen kleinen Strandspaziergang machen? Nur wir zwei. Wir könnten schaukeln gehen, wenn du da Bock drauf hast. Und ich kann auch noch ein Fittaminchen mitnehmen.«

»Ein bisschen frischer Wind um die Nase wird mir sicher guttun. Ich muss aber aufpassen, dass mich niemand sieht.«

»Du hast was zu verbergen, nicht wahr?«

Rike nickte. Die beiden Frauen waren sich einig, sie wollten noch ein wenig vor die Tür.

Über die Strandpromenade spazierten sie in Richtung Hafen. So weit, bis der Kinderspielplatz in Sicht kam. Schweigend schaukelten sie in der Dunkelheit, nur begleitet vom Meeresrauschen. Die Flut setzte ein und die Wellen rollten stetig heran, immer ein Stückchen weiter, um sich dann wieder zurückzuziehen.

»Sag mal, wie hast du das denn gemeint, dass du dem Professor die Idee für seinen Krimi geliefert hast?«

»Nein, eigentlich war es seine Idee. Aber ich wusste nicht, dass er wusste … Gretje, das ist eine lange Geschichte. Willst du die wirklich hören? Es kann sein, dass du danach nicht gut schlafen kannst.«

»Und wenn schon. Sind wir nicht verpflichtet, alles zu tun, damit das große Ziel, das der Düvel verfolgt hat, erreicht wird? Vielleicht ist es ja auch erleichternd für dich, wenn du mit jemandem darüber reden kannst, der mit der Sache nichts zu tun hat?«

»Du musst mir aber versprechen, alles, was ich dir jetzt sage, für dich zu behalten.«

»Ich schwöre!«

Die beiden älteren Frauen wechselten auf eine Bank. Sie rückten dicht zusammen, Gretje packte eine warme Decke aus, eine Thermoskanne mit heißem Tee und einen Flachmann mit Sanddornlikör. Und dann hörte sie gebannt Rikes Lebensgeschichte zu. Das Klatschen der heranrollenden Wellen übertönte Rikes Weinkrämpfe, die sie zwischendurch übermannten. Gretje streichelte sanft ihren Arm und als es bereits weit nach Mitternacht war, kehrten sie in die Friesenrose zurück. Doch nach den aufwühlenden Gesprächen fanden sie beide nur wenig Schlaf.

Kapitel 17

Schon vor dem offiziellen Dienstbeginn saßen die Ermittler am nächsten Arbeitstag zu einer Dienstbesprechung beisammen. Über die Vorgehensweise bei der Befragung von Immo Uckena waren sie sich noch nicht schlüssig. Welche Fragen wollten sie ihm stellen, wie konnten sie ihn zu einem Geständnis bringen? Sowohl Jan Berg als auch Bea Bissick waren der Meinung, dass der wohlhabende Insulaner Dreck am Stecken hatte. Allerdings fehlte ihnen jegliche Grundlage für ein echtes Verhör.

»Der Mann ist nicht dumm«, seufzte Bea Bissick. »Der wird uns auslachen, wenn wir ihm damit kommen, dass er nur auf Sinas Erbe spekuliert hat. Das ist lediglich eine Vermutung, für die es keinerlei Beweise gibt.«

»Das können wir vergessen. Aber wir sollten ihn zu seinem Deal mit Gesa de Boer befragen. Das könnte interessant werden«, überlegte Jan Berg.

»Denkst du an Nötigung?« Bea gähnte herzhaft, sie war noch nicht richtig wach und hatte erst einen Kaffee gehabt.

»Könnte man so sehen. Oder Erpressung? Immerhin hat er Gesa aufgefordert, den Professor nicht mit Samthandschuhen anzufassen, sondern ihn zu erschrecken. Sina hatte ihm in ihrer Verliebtheit garantiert von den Herzproblemen ihres Onkels erzählt.«

»Wenn wir das man erst hinter uns hätten. Ich mach uns mal einen anständigen Kaffee, dann kann ich auch wieder scharf denken.« Bea stand auf und bediente die Kaffeemaschine.

»Wir könnten seinen Termin nach hinten verschieben und uns mit der Literaturagentin beschäftigen. Was hältst du davon?«

»Vergiss nicht, dass seine Haushälterin auch noch auf der Tagesordnung steht. Wie wäre es, wenn wir mit der anfangen. Ich denke, das ist heute unsere leichteste Übung. Ein guter Einstieg in die neue Woche. Hoffentlich ist sie flexibel genug und kann umdisponieren.«

Bea rief die Haushälterin an und fragte wegen der Terminverschiebung nach. Renate Hülsmann war von dem Vorschlag angenehm überrascht, sofort nach dem Frühstück wollte sie sich auf den Weg machen.

Anschließend wählte Bea Bissick Immo Uckenas Nummer. Der Hotelier tat erstaunt, als die Hauptkommissarin sich meldete. Den Termin hatte er nicht ernstgenommen und sich somit gar nicht erst gemerkt. Beas Einladung auf die Polizeiwache ärgerte ihn, er versuchte, es abzuwenden, denn wozu sollte das gut sein.

Schließlich willigte er ein, in seiner Mittagspause auf einen Sprung vorbeizukommen. Wenn es denn unbedingt sein musste.

»Na also«, sagte Bea zufrieden. »Dann wollen wir uns den schönen Immo mal vorknöpfen.«

***

Bereits um Viertel nach neun an diesem Montagmorgen, betrat Renate Hülsmann das Polizeigebäude. Sie musste nicht nach der Amtsstube des Hauptkommissars fragen, Swantje Robben war im Flur bereits auf die fremde Person aufmerksam geworden und führte sie in sein Büro.

»Moin, moin«, schmetterte die ältere Dame eine zackige Begrüßung in die Amtsstube. Jan Berg zuckte zusammen. Das doppelte Moin war unüblich auf Norderney, so grüßten nur Touristen, die mit den feinen Unterschieden nicht vertraut waren.

»Moin, Frau Hülsmann«, grüßte er. Nach einem kurzen Zögern sprach er ihr sein Beileid aus. »Sie sagten am Telefon, Sie hätten uns etwas Wichtiges mitzuteilen.«

Sie nickte eifrig.

»Aber zunächst würden wir gern ein bisschen mehr aus dem Leben des Professors erfahren. Sie sind, äh …, waren ja schon sehr lange bei ihm angestellt und kennen ihn wahrscheinlich besser als jeder andere«, begann Jan Berg das Gespräch.

»Das kann ich Ihnen wohl sagen.«

»Was war er denn für ein Mensch?«, fragte Bea und beobachtete Frau Hülsmanns Mimik. Sie schien nicht so recht zu wissen, womit sie anfangen sollte.

»Er war ein wunderbarer Mensch«, sagte sie kaum hörbar. »Er war so klug und belesen und, ja, man kann es nicht anders sagen, er war immer sehr korrekt. Nicht chaotisch oder zerstreut, was man einem Professor im Allgemeinen ja schnell andichtet. Nur in letzter Zeit, also genau genommen nach seiner Herz-Operation im letzten Jahr, da war er manchmal seltsam. Das lag bestimmt an den Medikamenten, die er nehmen musste. Ich war in Sorge um ihn und deshalb bin ich jetzt hier.«

»Wie viele Jahre haben Sie ihm denn den Haushalt geführt?«

»Ich habe bei ihm angefangen, kurz nachdem mein Mann gestorben war. Da war ich gerade mal dreißig, wir waren nur fünf Jahre verheiratet. Und jetzt bin ich vierundsechzig.« Sie schniefte, konnte die Tränen aber noch wegblinzeln.

»Dann gehen Sie ja bald in Rente. Oder wollten Sie darüber hinaus noch weiter für ihn arbeiten?«

Frau Hülsmann seufzte auf und wischte sich über die Augen. »Ach wissen Sie«, sagte sie dann, »als Arbeit kann man das eigentlich nicht bezeichnen. Wir lebten ja in einem Haus, das war wie eine Wohngemeinschaft. Nati, hat er immer zu mir gesagt. Nati, wenn ich mal nicht mehr bin, dann musst du dir keine Sorgen machen, du bist abgesichert und kannst oben in deiner Wohnung bleiben, solange du lebst.« Jetzt holte sie ein Taschentuch hervor und tupfte sich die Augen.

»Ein feiner Zug von ihm«, meinte Bea.

»Ja«, schniefte die Perle, »er war ein so feiner Mensch. Und so großherzig. Ich kann es immer noch nicht glauben, dass er nicht mehr lebt. Das ist so furchtbar, was ihm zugestoßen ist. Ich möchte ihn so gern noch einmal sehen. Warum geht das denn nicht?«

»Nun, das tut uns leid, aber Dr. Düvel befindet sich bereits in Oldenburg in der KTU.«

»Aber warum? Es war doch ein Unfall, hat Sina gesagt.« Sie legte ihr Handy vor sich auf die Tischplatte und spielte mit der Schnur, an der es baumelte.

»Davon sind wir auch ausgegangen.«

»Gucken Sie mal hier.« Frau Hülsmann öffnete ein Fotoalbum auf ihrem Smartphone und zeigte den Beamten Fotos, auf denen sie mit dem Professor zu sehen war.

»Die sind ja noch keine vier Wochen alt«, stellte Bea auf den ersten Blick fest. »Hier auf Norderney ist das, nicht wahr?« Das war unschwer zu erkennen, denn im Hintergrund konnte man den Schriftzug *Marienhöhe* lesen.

»Wenn ich gewusst hätte, dass das unser letzter gemeinsamer Urlaub werden sollte …« Sie schnäuzte sich und erzählte, dass der Professor sie jedes Jahr in den Sommermonaten für eine Woche auf die ostfriesische Insel einlud. »Wir waren ja schon wie ein altes Ehepaar«, lachte sie unter Tränen. Die Fotos bestätigten diesen Eindruck, wie Bea fand.

»Was wäre denn anders gewesen, wenn Sie gewusst hätten, dass es Ihr letzter gemeinsamer Urlaub ist?«, griff die Kommissarin das Gespräch wieder auf. Erwartungsvoll sah sie die ältere Frau an. »Möchten Sie vielleicht einen Kaffee?«

»Gern.«

Bea sagte Swantje Bescheid. Wenig später brachte sie das Gewünschte und knallte die Tassen mit der heißen Flüssigkeit auf den Tisch. Offenbar war die junge Kollegin immer noch sauer.

»Also, was hätten Sie gemacht?«

»Ach, ich weiß auch nicht. Ich hab das nur so dahingesagt. Aber ja, ich wäre gern einmal mit ihm in einen dieser Nachtklubs gegangen, einen Cocktail trinken und tanzen. Ja, das hätte ich gern gemacht. Richtig schön tanzen mit dem Professor.« Eine leichte Röte überzog ihr Gesicht, sodass Bea lächeln musste.

»Ja, wenn es zu spät ist, bereut man immer die Dinge, die man nicht getan hat«, murmelte Jan Berg. »Aber Sie wollten uns noch etwas Wichtiges erzählen. Was denn?«

»Das hat mit seinem Buch zu tun. Er hat da nämlich etwas aufgedeckt, das hat mit der Familie Uckena zu tun. Also die Pension, in der er ja schon seit seiner Kindheit Urlaub machte. Um was es genau dabei ging, hat er nur mit seiner Agentin besprochen.«

Bea warf einen Blick auf die Uhr, sie mussten die Sache ein bisschen vorantreiben. Frau Hülsmann neigte dazu, sich in Details zu verlieren, die nicht von Bedeutung waren.

»Glauben Sie vielleicht, dass sein Tod kein Unfall war?«, fragte sie nun direkt.

»Allerdings!«

Die Ermittler sahen erst einander, dann wieder die Haushälterin an.

»Was ich Ihnen erzähle, das bleibt doch unter uns?«, vergewisserte sie sich. »Es ist ja nur ein Verdacht. Aber es wäre wohl angebracht, wenn die Polizei dem nachgeht. Deshalb bin ich ja zu Ihnen gekommen.«

»Keine Sorge, Sie können ganz frei reden. Alles, was gesagt wird, bleibt hier im Raum«, ermunterte Jan Berg sie.

»Ich habe irgendwie das Gefühl, dass jemand seine Medikamente ausgetauscht hat. Wie gesagt, es ist nur ein Gefühl. Aber die Pensionswirtin, so hat mein Professor gesagt, die hätte sich so merkwürdig verhalten, als er sie nach einem bestimmten Foto gefragt hatte. Am nächsten Tag war es dann verschwunden. Das ist doch seltsam, oder?«

»Hmm«, gab Bea von sich. Das war ja nun nicht ganz neu für sie. »Und nun glauben Sie, sie hat auch seine Pillen verschwinden lassen?«

»Nicht sie selber. Die macht sich die Finger nicht schmutzig. Vielleicht war es das Zimmermädchen, in ihrem Auftrag. Es könnte natürlich auch sein, dass die Wirtin sich in seinem Zimmer etwas umgesehen und bei seinen Notizen etwas entdeckt hat, das ihr nicht passte.«

»Vielen Dank. Das sind wertvolle Tipps für uns, denen wir natürlich nachgehen werden. Wer könnte denn sonst noch ein Interesse am Tod des Professors haben?« Bea hatte beschlossen, die Aussage der Dame schnell zu beenden. Nur noch diese eine Frage, dann war Frau Hülsmann entlassen.

»Wenn ich ganz ehrlich sein darf …« Sie zögerte und nachdem Bea nickte, sprach sie weiter. »Seine Nichte hätte ausgesorgt. Die erbt die Millionen.«

»Millionen?« Jan Berg riss die Augen auf.

»Kennen Sie seinen Kontostand denn so genau?«, wollte Bea Bissick wissen.

»So genau auch wieder nicht. Beim Aufräumen habe ich wohl mal seine Kontoauszüge zu Gesicht gekriegt.«

»Donnerwetter! Fällt Ihnen noch jemand ein, der oder die über seinen Tod erfreut sein könnten?«

»Höchstens noch seine Agentin«, flüsterte die Haushälterin. »Die streicht ja dann den Gewinn ein, wenn sein Krimi gut läuft.«

»Hat er mit Ihnen darüber geredet? Oder woher haben Sie die Informationen?«

»Ich habe das zufällig gehört, als die mal miteinander telefoniert haben«, gab Renate Hülsmann beschämt zu. »Was kann ich denn dafür, dass er immer so laut gesprochen hat? Ich habe noch gute Ohren.«

Bea musste unwillkürlich grinsen. Diese Frau den ganzen Tag um sich zu haben, war eine Herausforderung. Erstaunlich nur, dass sie dennoch jeden Sommer eine Woche Urlaub mit ihm verbringen durfte.

»Sonst fällt Ihnen aber niemand mehr ein?«

»Um Gottes willen. Mein Professor war überall gern gesehen. Es wird eine große Trauerfeier. Hach, darum muss ich mich nun auch noch kümmern.«

»Erledigt das nicht seine Nichte?«, hakte Jan Berg nach.

»Die weiß doch gar nicht, wie man so etwas macht. Die hat doch immer nur Männer im Kopf. Heute den und morgen den. Immer auf der Suche nach einer guten Partie. Damit kann sie ja dann bald aufhören.«

»Danke, dass Sie sich die Zeit genommen haben. Bleiben Sie länger auf der Insel?«

»Ein paar Tage. Mit seiner Nichte muss ich ja die Bestattung wenigstens besprechen. Ich will mich ja nicht vordrängeln. Melden Sie sich einfach, wenn Sie noch Fragen haben. Und bitte, lassen Sie es mich wissen, wenn Sie den Täter gefasst haben.«

»Pfft«, schnaubten die Ermittler, als Renate Hülsmann das Kommissariat verlassen hatte. Bea riss sämtliche Fenster weit auf, es konnte gar nicht genug frische Luft hineinströmen.

Kapitel 18

In der Küche begegneten sich Gretje und Rike noch vor der Morgendämmerung, obwohl sie sich nicht abgesprochen hatten. Sie waren froh darüber, noch ungestört zu sein.

»Du solltest es der Polizei erzählen«, riet Gretje ihr. »Verdräng es nicht noch länger. Du musst dazu stehen. Was ist denn, wenn das Buch erscheint und von Tausenden gelesen wird? Auch von denen auf der Insel. Die werden eins und eins zusammenzählen können und sich an dich erinnern.«

»Ich habe Angst«, flüsterte Rike und pustete in ihre Kaffeetasse.

»Jau. Hätte ich auch an deiner Stelle. Was ist denn, wenn dich jemand wiedererkennt? Du weißt genau, wie gut die Buschtrommeln hier funktionieren.«

»Ich weiß. Aber ich habe mich äußerlich stark verändert. Mich erkennt wohl keiner mehr. Ich treffe mich doch auch schon seit Jahren mit Toni und wir sind auf Norderney zusammen ausgegangen und haben uns nie versteckt.«

»Da hast du ja auch einen Beschützer an deiner Seite gehabt. Und es ahnte niemand von seinem Krimi.«

»Stimmt auch wieder.«

»In welcher Pension wohnst du denn überhaupt? Bist du unter deinem richtigen Namen angemeldet? Oder was schreibst du auf die Meldebescheinigung?«

»Es ist keine Pension. Ich habe hier eine Freundin, bei der ich logieren kann.«

»Kennt sie deine Geschichte?«

Rike zuckte mit den Schultern. Sie war sich nicht ganz sicher.

»Kannst du ihr hundertprozentig vertrauen?«

»Wem kann man das schon?«

»Und wieso vertraust du mir dann? Ich könnte ja auch ein böses Spiel mit dir treiben«, gab Gretje Blom zu bedenken. »Wenn deine Freundin etwas ahnt, könnte sie ebenfalls in Gefahr sein.« Gretje schlürfte ihren letzten Schluck Kaffee, die Falten auf ihrer Stirn zogen sich noch enger zusammen, sie dachte nach.

»Rike, was ist auf deinem Diktiergerät? Willst du es mir nicht vorspielen?«

»Es ist die Auflösung des Krimis. In seinen Worten. Aber ganz zum Schluss, nachdem Antonius es mir vorgespielt hatte, habe ich noch etwas darauf gesprochen. Nämlich, dass die Geschichte nicht vollkommen frei erfunden ist. Ich habe auch Namen genannt. Das ist im Grunde wie eine Unterschrift, wie ein Eid, dass der Autor sich an der Wahrheit orientiert hat.«

»Moin Mädels«, rief Leon den alten Ladys zu, als er verstrubbelt und mit nacktem Oberkörper die Stube betrat. »Schon so munter? Oder habt ihr Süßen die ganze Nacht geschnackt und kein Auge zugetan?«

»Mach keine Scherze«, wies Gretje ihren Lieblingsmitbewohner augenzwinkernd zurecht. »Wir haben ein echtes Problem. Es wäre sinnvoll, wenn Rike bei uns wohnen bleiben kann, bis der Fall geklärt ist.«

»Oh. Schiet. Was machen wir denn da? Wollt ihr mich schon wieder ausquartieren?« Leon riss erschrocken die Augen auf.

»Toller Vorschlag«, ging Gretje prompt darauf ein.

»Ähm. So war das nicht wirklich gemeint.«

Gretje gab ihm einen Kaffee und schlug vor, ein paar Nächte bei seiner Freundin Ida zu verbringen.

»Na, die wird sich freuen.« Überzeugt klang das nicht. »Wie war das noch mit der Pension Wellenreiter? Da könnte ich doch mit Sina …«

»Du mit Sina in der Pension? Das schmink dir aber mal ganz flott wieder ab«, wandte Gretje ein.

»Och!«, maulte der attraktive Physiotherapeut mit einem verschmitzten Grinsen. »Und wie kriegen wir das hin, dass ich allein das Zimmer des Professors in der Pension beziehen kann? Hast du schon eine Idee, meine süße Friesenrose?« Leon versprühte schon frühmorgens eine geballte Ladung Charme, für die Gretje Blom auch in ihrem Alter noch empfänglich war.

Piet schlurfte auch herein, er hatte die letzten Sätze noch mitbekommen. Schlagfertig unterbreitete er den Vorschlag, seine Dachkammer mit Meerblick vorübergehend freizumachen und sich mit Gretje deren Räumlichkeiten zu teilen.

»Ist doch eine gute Idee, nicht wahr, meine lütte Friesenrose?«

Rike vergaß bei dem Geplänkel ihre Sorgen ein wenig, sie musste lächeln.

»Mich stört dein Schnarchen auch nicht«, versuchte Piet Gretje zu überreden.

Das war zu viel des Guten. Gretje boxte ihren Kumpel in die Seite, mit schmerzverzerrtem Gesicht sackte er auf einen Stuhl.

»Dat weiß ich wohl, dass du nur auf eine Gelegenheit wartest, mit mir ins Bett zu steigen, du oller Kerl. Bei Leon würde ich ja nicht Nein sagen, aber bei dir …«

»Streitet euch nicht meinetwegen. Ich schlafe bei meiner Bekannten«, mischte sich nun Rike ein.

»Nein!« Gretjes Augen funkelten entschlossen. »Piet, räum dein Zimmer und bring dein Waschzeug mit zu mir.«

»Und auch meinen Schlafanzug. Oder?«, scherzte er. »Oder willst du mich nackt?«

»Dir hat doch wohl 'ne Möwe ins Hirn geschissen«, gab Gretje entrüstet von sich. »Und damit du das gleich weißt, in meinem Zimmer gelten meine Spielregeln. Verstanden?«

Piet hob die Schultern und grinste schlitzohrig in sich hinein. Die nächsten Tage, aber vor allem die Nächte versprachen für ihn spannender denn je zu werden.

»Bloß kein Stress«, sagte Leon amüsiert. »Ich frag Ida, ob ich ein paar Tage bei ihr unterkommen kann.« Er grinste breit, Ida würde ihn mit Kusshand in ihr Bett lassen.

»Und deine Freundin ruf mal besser an, damit die sich keine Sorgen macht«, sagte Gretje zu Rike. Wie so oft, dachte sie an das Naheliegendste, an das, was getan werden musste. »Sag ihr, du bist wieder auf der Heimfahrt, nachdem du gehört hast, was deinem Antonius zugestoßen ist.«

»Okay. Mache ich. Ihr seid alle so lieb zu mir«, schluchzte sie unvermittelt auf. »Wenn wir uns gestärkt haben, dann können wir uns nach dem Frühstück anhören, was auf dem Diktiergerät ist. Von mir aus könnt ihr alle zuhören. Und im Anschluss übergebe ich es der Polizei.«

»Das klingt mal nach einem guten Plan«, meinte Piet immer noch schmunzelnd.

Als Onno hörte, was sie besprochen hatten, beeilte er sich, die SOKO Inselschreiber sollte zügig mit ihren Ermittlungen weitermachen können.

Kapitel 19

Rike Gruber schaltete ihr Handy stumm, als sie sich anschickte, die Sprachnotizen des Professors abzuspielen. Sie wollte währenddessen auf keinen Fall durch Anrufe oder sonstige Töne gestört werden. So konnte sie natürlich nicht mitbekommen, dass mehrmals jemand versuchte, sie zu erreichen.

»Verdammt! Diese Agentin geht nicht ran!«, schimpfte Bea Bissick. Sie wollte das Gespräch mit ihr unbedingt vor der Befragung von Immo auf ihrer Tagesordnung abhaken können. Ausgerechnet diese Person machte ihr nun mit ihrer Ignoranz einen Strich durch die Rechnung. »Scheint viel beschäftigt zu sein, die Literaturagentin.«

»Die kriegen wir noch, Bea. Keine Sorge.«

Plötzlich stürmte Swantje aufgeregt herein. »Es hat schon wieder einen Unfall in der Bibliothek gegeben«, keuchte sie. »Gesa de Boer liegt bewusstlos im Krankenhaus. Ihr soll ein Stapel Bücher auf den Kopf gefallen sein.«

Entgeistert starrten die Kommissare ihre Kollegin an. »Wann ist es passiert? Wo? Schwebt sie in Lebensgefahr?«

Swantje tat geheimnisvoll, doch dann legte sie ihre beleidigte Miene endgültig ab. Schließlich ging es um ihren Job und da hatten persönliche Befindlichkeiten nichts zu suchen.

»Es muss gegen zehn Uhr gewesen sein, kurz nachdem sie die Bibliothek aufgeschlossen hatte. Soweit ich weiß, war sie allein, ihre Kollegin war noch nicht da. Ein Besucher hat sie dann am Boden liegend aufgefunden und sofort einen Notruf abgesetzt. Ein paar dicke Wälzer sollen um sie herum gelegen haben. Ich kann mir nicht vorstellen, dass das ein Zufall ist«, meinte Swantje. »Wenn ihr mich fragt, sieht das nach Rache vom schönen Immo aus.«

Bea lachte hysterisch auf. »Zwei Doofe, ein Gedanke«, rutschte ihr ein Spruch aus Kindertagen heraus. »Du auch, Jan?«

Ihr Kollege wusste sofort, worauf sie mit dem Spruch anspielte. »War auch mein erster Impuls. Aber wir sollten uns nicht festbeißen, vielleicht war alles ganz anders und dann hetzt er uns seine Anwälte auf den Hals.«

»Ist sie schwer verletzt?«, erkundigte sich Jan Berg.

»Keine Ahnung. Ich könnte sie ja im Krankenhaus besuchen«, schlug Swantje vor.

»Gute Idee. Du hast immerhin einen guten Draht zu ihr. Mach das.«

»Okay Chefin!«

Die Hauptkommissarin war einen Augenblick verblüfft. Noch nie war sie von Swantje als Chefin angeredet worden. Vielleicht sollte sie ihren Entschluss, zu ihrem alten Team auf dem Festland zurückzukehren, noch einmal überdenken?

***

Während der Mittagspause blieben Jan Berg und Bea Bissick im Polizeigebäude, um Immo Uckena nicht zu verpassen. Die Uhrzeit hatten sie nicht auf die Minute genau festgelegt und bis jetzt, es war schon nach eins, war er noch nicht aufgetaucht.

Der Kaffeeautomat zischte dampfend vor sich hin. Es war nicht Beas Stärke, einfach nur dazusitzen und abzuwarten. Swantje war von ihrem Dienstgang ins Krankenhaus noch nicht zurückgekehrt, zu gern hätten sie gewusst, wie sich der Unfall zugetragen hatte. Hauptsache, Gesa de Boer war wieder bei Bewusstsein und litt nicht unter Erinnerungslücken.

»Wir hätten uns nicht auf seine Zeitvorgabe einlassen dürfen«, maulte Bea.

»Das passiert uns nicht noch einmal«, pflichtete Jan Berg ihr bei. Es ging langsam auf zwei Uhr zu und sie fragten sich, wie Immo den Begriff Mittagspause definierte. Ungefähr zehn Minuten später hörten sie die Eingangstür schwer ins Schloss fallen. Dann vernahmen sie Schritte, die eindeutig nicht von Swantje sein konnten.

Die Ermittler sahen sich an, strafften die Schultern und begaben sich an ihre Schreibtische. Sie wirkten sehr beschäftigt, als die Tür aufgestoßen wurde und der schöne Immo mit verkniffenem Gesichtsausdruck vor ihnen stand.

»Da bin ich«, sagte er wirsch. »Ich habe nicht viel Zeit, heute ist Anreisetag. Also, was wollt ihr von mir wissen.« Er sprach nur zu Jan Berg, so, als wäre Bea Bissick nicht anwesend.

»Dann wollen wir mal nicht lange herumschwafeln«, fing Bea an. »Was haben Sie bei Sina Düvel gesucht? Warum haben Sie die Nichte des Professors gegen ihren Willen in Ihre Gewalt gebracht?«, feuerte Bea die erste Frage ab. »Und erzählen Sie mir jetzt nichts von Sexspielchen im gegenseitigen Einvernehmen.«

»Ich habe mich nur für den Krimi interessiert, mehr nicht.«

»Sie lieben demnach Rollenspiele und wollten eine Szene daraus nachstellen? Oder wie soll ich das verstehen?«

»Wenn Sie das sagen, dann soll das wohl so sein.« Bockig rutschte er auf seinem Stuhl hin und her und klopfte mit den Fingerkuppen auf die Tischplatte. Das Gehämmer machte Bea zunehmend nervös. Jan Berg kannte ihr Temperament und zählte insgeheim die Sekunden, wie lange sie das wohl aushielt. Bea Bissick neigte in solchen Momenten dazu, zu explodieren und sich selbst durch ihr Verhalten in Schwierigkeiten zu bringen.

122

Entschlossen griff er ein und fragte: »Wer hat dir denn überhaupt von dem roten Diktiergerät erzählt?« Der Inselpolizist ließ sein Gegenüber nicht aus den Augen. Es war eine Fangfrage, auf die Immo prompt hereinfiel.

»Meine Schwester hat mir erzählt, dass er da so ein Brimborium drum macht. Die haben ja immer viel miteinander geschnackt, der hat mein Schwesterchen immer auf dem Laufenden gehalten. Obwohl er eigentlich längst mitgekriegt haben musste, dass Gunda nichts für sich behalten kann.«

Jan Berg musste unwillkürlich grinsen.

»Und als ich Sina einmal darauf ansprach, hat sie sich über seine veralteten Methoden und seinen Spleen mit dem geheimen Diktafon, auf dem die Auflösung seines Krimis sein soll, lustig gemacht. Der Professor hat doch mit jedem über sein Projekt gesprochen. Und dann immer dieses nervige Gelaber, dass er ein Geheimnis lüften will. Da wird man doch neugierig, das ist doch normal«, erzählte Immo weiter.

»Wohl wahr, wohl wahr«, nickte Bea seine Ausführungen ab, hielt sich aber mit weiteren Kommentaren bedeckt.

»Aber das wird ja jetzt wohl nichts mehr«, meinte Immo Uckena mit gespieltem Bedauern. »Ich hätte mir den Krimi sofort gekauft. Echt jetzt. Der wäre in den Bücherschrank in meiner Pension gewandert, Lektüre für die Urlaubsgäste.«

»Da haben wir gute Nachrichten für Sie«, ergriff ›Bea nun wieder das Wort. »Das verschwundene Diktiergerät ist wie von Geisterhand wieder aufgetaucht. Der Krimi wird fertig. Der Verlag ist schon ganz heiß darauf, ihn zu veröffentlichen. Sie müssen sich also wirklich keine Sorgen machen.«

»Ach?« Immos Augen verengten sich zu schmalen Schlitzen. »Wo haben Sie das Teil denn gefunden?«

»Das dürfen wir Ihnen leider nicht sagen. Aber wir wissen, wo Sie es gesucht haben.«

»Wie? Habe ich doch gar nicht.«

»Und weshalb haben Sie dann versucht, auch noch die Bibliothekarin aus dem Weg zu räumen?«

Immos Gesicht lief tiefrot an, seine Augen stachen eisig hinter den fast geschlossenen Lidern hervor. »Wer verbreitet denn solche Lügen über mich? Aber damit kommen Sie nicht weit. Mein Anwalt wird das mit Ihnen klären.« Er blickte Jan Berg an. »Jan, du kennst mich doch. Sag doch mal was. Ich bin doch ein netter Kerl, stimmt's?«

»Stimmt. Aber nur, wenn du ein bestimmtes Ziel erreichen willst. Und wenn du merkst, dass du mit deiner Strategie nicht weiterkommst, schlägt das ins Gegenteil um.«

»Kein Gelaber! Unsere Zeit ist begrenzt. Herr Uckena, wie wir wissen, schrecken Sie auch nicht vor Missbrauch und sexueller Nötigung in Verbindung mit Erpressung zurück. Wieso sollten Sie dann nicht auch einen alten Mann eine Treppe hinunterstoßen«, preschte Bea immer weiter vor.

»Hat sie das erzählt, diese dumme Gans mit ihrem ollen Katzenvieh?« Er wischte sich den Schweiß von der Stirn. »Da bin ich schon so nett und gebe ihr eine superschöne Unterkunft gegen kleines Entgelt und was macht die? Die scheißt mich an! Aber dafür gibts keine Beweise.«

»Meinen Sie? Weil Sie Gesa de Boer eingeschüchtert haben? Da wäre ich aber ganz vorsichtig.«

In diesem Augenblick wurde die Tür aufgerissen. Swantje war zurück und signalisierte ihren Kollegen, dass es Gesa schon einigermaßen gut ginge.

»Sind wir nun fertig?«, wollte Immo wissen. »Oder habt ihr noch mehr auf Lager?«

»Nein, das wäre es fürs Erste. Sie müssen sich allerdings zu unserer Verfügung halten und dürfen die Insel nicht verlassen?«

»Wieso das denn?«

»Versuchter Totschlag?«, sagte Bea mit eisiger Stimme. »Wir könnten Sie auch gleich festnehmen. Unsere Zelle ist momentan frei.«

»Ich sage nichts mehr ohne meinen Anwalt.«

Bea riss alle Fenster sperrangelweit auf, nachdem der schöne Immo die Tür hinter sich zugeschlagen hatte. Sie musste die dicke Luft und die miesen Vibes rauslassen, das hatte sie im Laufe der Jahre zu einer Gewohnheit werden lassen. Dann erkundigten sie sich bei Swantje nach Gesas Gesundheitszustand.

»Warst du die ganze Zeit im Krankenhaus?« Immerhin war sie über drei Stunden weg gewesen. Swantje schüttelte den Kopf. »Nee. Ich habe auch noch ihre Sachen und Mister Grey in Sicherheit gebracht. Der Irre, der ist ja zu allem fähig. Gesa hat ihn übrigens erkannt, als er den Stapel Bücher in ihre Richtung katapultiert hat. Sie will aber keine Strafanzeige erstatten.«

»Wow. Und wo hast du ihre Sachen hingebracht. Sie hat doch noch nichts Neues. Oder?«

»Zu mir. Ich habe ein winziges Gästezimmer, das kann sie haben. Und Mister Grey ist so ein charmanter kleiner Kater«, fing sie an zu schwärmen. »Für ein paar Wochen wird das schon gehen.«

»Ich glaube, wir sollten dich bald zur Beförderung vorschlagen«, sagte Bea anerkennend.

»Echt jetzt? Das würdet ihr tun?« Swantje war völlig aus dem Häuschen. Sie sprintete sofort los, um eine Ladung Kuchen für alle zu holen.

Kapitel 20

Während auf dem Polizeirevier die Ermittlungen auf Hochtouren liefen, lauschte die SOKO Inselschreiber der Stimme des Verstorbenen. Onno, Piet und Gretje platzten vor Neugier, als Rike das Diktiergerät einschaltete.

Der Professor diktierte zunächst einen druckreifen Text, das letzte Kapitel, die Auflösung des Falls. Ein Zimmermädchen wurde als Mörderin entlarvt. Sie hatte das Opfer in einer Besenkammer mit Seifenlauge ertränkt.

Dann sprach er über die Idee zu dem Krimi, der ihm so viel bedeutete.

Auf die Idee bin ich durch meine langjährige Freundin und Literaturagentin Rike gekommen. Ihr ist vor langer Zeit ein großes Unrecht, widerfahren, das nicht ungesühnt bleiben darf. Auch wenn die Tat längst verjährt ist, so ist es mir dennoch ein Bedürfnis, es öffentlich zu machen. Und sollte ich, aus welchem Grund auch immer, die Veröffentlichung des Krimis nicht mehr selbst miterleben, so ist Rike befugt, alles Erforderliche in die Wege zu leiten.

Das Motiv für den Mord ist nicht völlig frei erfunden. Eins zu eins wird hier wiedergegeben, worüber Rike all die Jahre geschwiegen hat.

Und nun spricht Rike selbst zu euch.

Die Stimme wechselte und Rike erzählte stockend, teilweise flüsternd aus der Zeit, in der sie als junges Mädchen in der Pension Wellenreiter als Zimmermädchen angestellt war.

Ich wurde siebzehn, als ich als Saisonkraft in der Pension angefangen habe. Ich habe den Job gern gemacht. Wir hatten überwiegend freundliche Gäste im Haus, die mir oftmals ein schönes Trinkgeld zusteckten. Aber eines Tages, ich hatte mich inzwischen gut eingearbeitet, da kam mein

Chef, der alte Herr Uckena und wollte mir zeigen, wie ich noch effektiver arbeiten könnte. Das waren seine Worte.

Wir gingen zu unserm Putzraum, eine kleine Besenkammer. Und dann ..., dann hat er mich betatscht und mir unter den Rock gegriffen. Das Schwein! Wenn ich jemandem etwas davon sagen würde, dann würde man mich eines Tages leblos am Strand auffinden. Man würde sagen, die ist ins Wasser gegangen. Also habe ich geschwiegen. Ich wusste ja auch nicht, wem ich mich hätte mitteilen können.

Immer öfter musste ich dann in die Besenkammer. Einmal, als ich mich gewehrt und ihn gebissen habe, da hat er mich die ganze Nacht in der dunklen Kammer eingesperrt. Es stank nach Bohnerwachs und WC-Reiniger. In der Frühe, bevor das Haus zum Leben erwachte, kam er zurück. Ich dachte, er lässt mich jetzt gehen. Aber nein. Er hat mich brutal vergewaltigt. Es war schrecklich und ich möchte nicht näher darauf eingehen. Es passierte nicht nur einmal. Er hat es immer irgendwie geschafft, mich allein zu erwischen. Ich konnte doch auch nicht weg. Ja, ich hätte aus Scham ins Meer gehen können. Ich wollte es tun, traute mich aber nicht. Und dann war ich schwanger. Mit siebzehn. Von diesem Miststück.

In meiner Not habe ich mich dann einer netten Familie, also, der Mutter, anvertraut, die mit ihrem Mann und ihrem Sohn in der Pension Urlaub machte. Die Mutter musste mir etwas angemerkt haben. Sie war so rührend, so besorgt und so lieb zu mir, der hab ich schließlich alles erzählt. Sie war es auch, die mich vor weiteren Übergriffen geschützt hat. Gemeinsam mit ihr und ihrem Mann sind wir dann zu dem Uckena gegangen und da hab ich ihm gesagt, dass ich ein Kind von ihm bekomme. Das Schwein hat nur gelacht. Er wollte mich zwingen, meinen Mund mit Seife auszuwaschen, weil ich Lügen über ihn verbreite. Es war mein Glück, dass die Düvels bei mir waren. Die haben mich vor ihm gerettet.

Dann hat der alte Uckena seine Geldbörse gezückt. Er hat zwei Hunderter rausgenommen und gesagt, ich solle nach Holland fahren und das Balg wegmachen lassen. Zu der Zeit war das in Deutschland noch illegal. Nur unter widrigen Umständen fand man überhaupt jemanden, der Abtreibungen vornahm. Nach der Unterredung war ich fristlos entlassen.

Als das Baby geboren wurde, habe ich es Antonia getauft. Ich mochte den Jungen von den Düvels gut leiden, er war ungefähr in meinem Alter. Aber das war alles ganz harmlos. Wir haben zusammen einmal Drachen steigen lassen und rumgealbert. Der durfte von meiner Schwangerschaft natürlich nichts wissen.

Die Kleine konnte ja nichts dafür, dass ihr Erzeuger ein Arschloch war. Ich hab sie trotzdem vom ersten Moment an lieb gehabt und sie hat sich zu einer großartigen jungen Frau entwickelt. Wenn man sie sieht, gibt es allerdings keinen Zweifel daran, dass sie eine Uckena ist. Sie sieht ihrer Halbschwester Gunda, die nur fünf Monate jünger ist, zum Verwechseln ähnlich.

Anschließend hörten sie wieder den Professor sprechen. Ihm war es ein Anliegen, dass Antonia auch als uneheliches Kind ihren Anteil vom Vermögen der Uckenas bekam. Und da das Vermögen der Familie beträchtlich ist und jedes der Kinder eine Pension auf Norderney sein Eigen nennt, stünde das auch Antonia zu. Was natürlich zur Folge hatte, dass die anderen Kinder der Familie einen Ausgleich zahlen müssten. Aber letztendlich sollte Antonia selber entscheiden, ob sie das will.

Dann bedankte er sich noch bei Rike für ihre Offenheit und dass er ihre Erlebnisse auf diese Weise verarbeiten durfte. Er endete mit den Worten: Rike, ich liebe dich.

Nachdem das Band abgespielt war, wusste keiner der Zuhörer, was er dazu sagen sollte. Es war so ungeheuerlich. Rike hatte die Hände ineinandergelegt. Sie weinte nicht, sie seufzte tief.

»Es ist das erste Mal, dass es jemand in voller Länge anhören darf.« Sie wischte sich über die Augen, da hatte sich wohl eine Träne gelöst. Doch dann lächelte sie die Menschen, mit denen sie zusammensaß, an und sagte: »Es ist gut so. Irgendwie fühle ich mich wie von einer schweren Last befreit. Wenn nur mein Antonius es noch miterlebt hätte. Manchmal denke ich, er hatte eine Vorahnung.«

»Wie kommst du denn darauf?« Gretje wollte mehr darüber wissen.

»Ach, es ist nur so ein Gefühl«, tat Rike es ab. »Er hat einfach an alles gedacht, für den Fall, dass er unsern Planeten früher verlassen muss, als ihm lieb ist. Also, ich meine nicht nur seine Beisetzung. Er hat sich viele Gedanken dazu gemacht, wie sein Vermögen unter den Menschen, die ihm nahestehen, verteilt werden sollte. Und auch alles rund um seinen Krimi, die Rechte und die Tantiemen aus den Verkäufen. Aber wahrscheinlich hatte das alles mit seiner Herzgeschichte zu tun. Er war zwar manchmal ein komischer Vogel, aber schon immer gerecht, verständnisvoll und fürsorglich.«

Gretje erinnerte sich zurück, wie sie ihn vor ein paar Tagen erst kennengelernt und welchen Eindruck er bei ihr hinterlassen hatte. Ein komischer Vogel traf es ganz gut.

»Denn kann ich jetzt unsern Inselsheriffs Bescheid geben, dass sie den Inselkrimi haben können. Du bist doch damit einverstanden?«

Rike war sofort einverstanden, denn so fiel ein dunkler Schatten auf den Uckena-Clan. Auch wenn sie nicht nachtragend war, hatten ihr Peiniger und seine Sprösslinge das verdient, meinte sie. Von allen Familienmitgliedern war sie später, als sie einmal mit ihrer Tochter auf der Insel Urlaub machte, wie eine Aussätzige behandelt und überall angeschwärzt worden.

»Aber vorher mache ich noch eine Kopie davon«, sagte Piet. Da er technisch sehr versiert war, stellte das für ihn kein Problem dar.

***

Swantje Robben war gut gelaunt damit beschäftigt, den Kuchen zu verteilen, als das Polizeiteam durchs Telefonklingeln gestört wurde. Jede blickte den anderen an, aber keiner von ihnen hatte Lust, aufzustehen und den Anruf entgegenzunehmen. Schließlich erbarmte sich Jan Berg, da das Telefon keine Ruhe geben wollte. Wenn jemand so ausdauernd in der Leitung blieb, musste es wohl etwas Dringendes sein.

»Gretje?«, fragte er in den Hörer, obwohl er ihren Namen gut verstanden hatte. »Du rufst mich doch normalerweise auf dem Handy an. Was ist denn los?« Zu seinen Kolleginnen machte er sich mit einem Augenrollen über die alte Dame lustig.

»Ans Handy gehst du ja nicht dran, ich hab's schon mehrere Male versucht«, ließ sie ihn wissen. Jan Berg stellte sich taub und wollte sie abwimmeln. Im Moment würde es nicht gut passen, sagte er mit einem Blick auf die Donauwelle, auf die er scharf war und stellte auf Lauthören.

»Wir haben den Fall so gut wie gelöst«, hörten sie nun Gretje Blom siegesgewiss vorbringen. »Oder, anders gesagt, wir wissen endlich, um was es in seinem Krimi geht. Die Agentin von dem Professor ist bei uns, sie hat uns das andere Diktiergerät vorgespielt. Wir denken, ihr solltet das wissen. Aber wenn ihr Wichtigeres zu tun habt, dann eben nicht«, sagte Gretje beleidigt.

»Die Dame ist bei euch?«, fragte Jan Berg erstaunt. »Wir wollten sie sowieso sprechen, hatten sie aber nicht an den Apparat gekriegt. Wir müssen hier nur noch eine Sache zu Ende bringen, dann kommen wir vorbei. Ungefähr in einer halben Stunde.« Schnell legte er den Hörer auf und schnappte Swantje die Donauwelle vor der Nase weg.

Mit vollen Backen fragte die junge Kollegin, wie denn die SOKO in der Friesenrose allein durch das Abhören den Mörder entlarven könnte.

»Das werden wir gleich in Erfahrung bringen«, antwortete Bea.

Kapitel 21

»Hab ich dir nicht gleich gesagt, dass wir uns die Familie mal genauer ansehen müssen?«, sagte Bea Bissick zu ihrem Kollegen, als sie zur Friesenrose liefen. »Hast du nicht wenigstens 'ne leise Ahnung von dem Familiengeheimnis? Du als Inselkind und Sohn des Dorfsheriffs?«

»Nee. Ich war ja ein Kind, als ich mit Gunda zur Schule gegangen bin. Kann sein, dass mein Vater was ahnte. Aber darüber wurde nie gesprochen. Mit den Uckenas hatten wir nicht viel zu tun. Auf einer Insel kann man sich natürlich auch nicht aus dem Weg gehen.«

»Das ist auch so ein Punkt, der mich daran zweifeln lässt, ob ich für das Inselleben geschaffen bin«, überlegte Bea. »Ich bin hin- und hergerissen.«

»Sag mir aber rechtzeitig, wie du dich entschieden hast, wenn du es weißt.«

»Das verspreche ich dir, Jan.« Bea hob die Finger zum Schwur. »Du kannst aber sicher sein, es hat nichts mit dir oder den anderen Kollegen zu tun. Ich bin nun mal nicht immer ganz einfach. Auch mit mir selbst nicht. Sorry, ist nun mal so.«

»Na, da bin ich aber beruhigt«, seufzte Jan Berg theatralisch. »Aber jetzt sollten wir noch mal alles geben. Und dann müssen wir Gunda unbedingt noch einmal auf den Zahn fühlen. Das, was die Haushälterin uns erzählt hat, lässt mich irgendwie nicht los.«

Bea blieb stehen und grinste ihren Kollegen verschwörerisch an. Eine Möwe segelte über sie hinweg und gab auf ihre Art ihren Senf dazu. Allerdings in ekelerregender Form durch einen dicken Platsch, der sich in Beas Pferdeschwanz verteilte. Reflexartig griff sie sich ins Haar, fühlte die glibberige Konsistenz zwischen den Fingern und fing an, tierisch zu fluchen. »Scheiße!«, war noch das

Harmloseste. »Siehste! Das ist so was, das ich hasse. Vor den Biestern muss man immer auf der Hut sein. Wenn ich zurückgehe nach Osnabrück, dann nur wegen diesen Aasfressern.«

»Das ist ein Argument, das ich gelten lasse«, amüsierte Jan Berg sich. Auf den letzten Metern legten sie dann noch einen rekordverdächtigen Sprint hin. Bea hatte es verdammt eilig, den Dreck aus ihrem Haar zu entfernen.

***

»Wollt ihr das nicht bei uns abhören?« Gretje Blom war bass erstaunt, als Jan Berg das Diktiergerät an sich nahm und erklärte, sie wollten es später auf der Wache machen.

»Ich dachte nur, damit können wir alles ein wenig beschleunigen.«

Bea war allerdings anderer Meinung, nachdem sie sich Rike Gruber vorgestellt hatte. Sie vertraute ihrer Menschenkenntnis und war neugierig darauf, mehr über die Agentin zu erfahren.

»Wenn es für Sie in Ordnung ist, dann bleiben wir natürlich und hören es hier ab«, sagte sie zu Rike.

»Ja, das ist schon in Ordnung. Am Schluss werden Sie wahrscheinlich noch Fragen an mich haben.«

»Bestimmt!«, kommentierte Gretje.

»Hört erst mal zu«, kam es von Piet, der das Gerät in Gang setzte.

Gebannt hingen noch einmal alle an den Aufnahmen. Bea Bissick gab hin und wieder entsetzte Laute von sich, ihre Hautfarbe wechselte von aschfahl zu puterrot.

Am Ende kippten Bea und Jan sich das bereitgestellte Fittaminchen in den Hals. Wieder währte sekundenlange Sprachlosigkeit, doch dann kamen von Bea und Jan Fragen auf, die Rike schonungslos beantwortete.

»Das schreit ja zum Himmel!« Bea Bissick konnte sich überhaupt nicht mehr beruhigen und versuchte, Rike zu einer Anzeige zu bewegen.

»Nein«, sagte diese mit klarer Stimme. »Das Kapitel meines Lebens ist abgehakt. Das Einzige, das ich mir wünsche, ist ein finanzieller Ausgleich für meine Tochter.« Sie sprach auch wieder von Antonius Vorahnung und dass er all jene, die ihm nahestanden, in seinem Testament bedacht hatte.

»Woher haben Sie diese Informationen?«, hakte Bea nach.

»Von Antonius, von wem denn sonst?«

»Waren Sie ein Liebespaar?«

»Ja«, beantwortete die Literaturagentin Beas Frage. »Aber davon wusste niemand etwas. Nicht einmal seine Haushälterin. Zusammen mit der Veröffentlichung seines Krimis wollten wir es bekannt machen. Hier …« Sie hob ihre linke Hand und zeigte auf einen schmalen Ring mit einem winzigen Brillanten. »Das ist mein Verlobungsring. Am Ende seines Urlaubs wollten wir noch ein paar Tage Juist dranhängen. Wir wollten heiraten, auf Juist.«

Gretje Blom legte ihre Hand auf Rikes Arm, tröstende Worte fielen ihr beim besten Willen nicht ein. Bea wirkte zutiefst betroffen von Rikes Geständnis. Doch noch ein anderer Gedanke regte sich in ihr. Sie überlegte, ob es angebracht war, es auszusprechen. Schließlich tat sie es.

»Ich möchte Ihnen ja nicht zu nahetreten, Frau Gruber«, fing sie an, »aber ich würde gern wissen, seit wann Sie auf der Insel sind. Wo haben Sie sich aufgehalten, als der Professor in der Bibliothek war?«

Verständnislos blickte Rike die Hauptkommissarin an. »Wieso? Ich war zu Hause. Bei meiner Tochter und bei meinem Enkelkind. In Hagen. Verdächtigen Sie mich???«

»Hier verdächtigt Sie niemand!«, meldete sich nun Jan Berg. »Deine Gedankengänge würden mich allerdings auch interessieren, Bea.«

»Ach, vergesst es.«

»Nee. Nu mal raus mit der Sprache!«, forderte Gretje Blom die Ermittlerin auf.

»Ist totaler Schwachsinn, was ich gesagt habe. Mein Gedanke war nur, wenn Frau Gruber das Testament so gut kennt, dann …, nein, das ist unlogisch. Schluss!«

»Allerdings«, stimmte Gretje ihr zu. »Für dich gibt das kein Fittaminchen mehr, du kannst sonst nicht mehr klar denken.«

»Da hast du ausnahmsweise mal recht. Und nun Jan«, sie blickte ihren Kollegen auffordernd an, »nun gehen wir in die Höhle des Löwen und statten Gunda einen Besuch ab.«

»Da würde ich gern mitkommen«, sagte Sina, die sich bisher nicht am Gespräch beteiligt hatte. »Ich habe noch Sachen in dem Apartment.«

»Dann komme ich auch mit. Du hast doch nichts dagegen, Sina?«, schlug Getje vor.

»Ist mir sogar ganz lieb, wenn jemand bei mir ist. Ich möchte nicht noch einmal Immo in die Arme laufen.«

***

Mit Gretje zusammen fühlte Sina sich deutlich sicherer, als sie die Pension betraten. Ohne aufzufallen, konnten sie hineinhuschen, der Empfang war erfreulicherweise nicht mit der Chefin besetzt. Sina war ja immer noch im Besitz des Zimmerschlüssels.

Die beiden Ermittler trafen etwas später ein, nachdem sie sich mit einem Burger gestärkt und ihre Strategie besprochen hatten. Frau Uckena saß wieder hinter der

Rezeption, säuerlich verzog sie das Gesicht, beim Anblick der beiden Inselpolizisten.

»Jan Berg, du schon wieder?!«, blaffte sie ihn an.

»Ja, wir schon wieder. Wir müssten Sie mal unter sechs Augen sprechen«, entgegnete Bea förmlich und deutete mit der Hand auf die Tür, auf der Büro stand.

»Was denn noch? Sie sehen doch, was hier los ist.«

»Tut mir leid, aber es gibt neue Erkenntnisse und Fragen, die nur Sie uns beantworten können. Aber wenn es Ihnen lieber ist, dann fangen wir gleich hier vor allen Gästen an.«

Verschämt blickte sich die Pensionswirtin um, ob jemand etwas mitbekommen hatte. Dann schloss sie die Bürotür auf und hing ein Schild mit *Bitte nicht stören* davor.

»Wir haben den dringenden Verdacht, dass Sie am Tod des Professors mitschuldig sind«, ging Bea sogleich zum Angriff über. Sie wehrte Gundas Versuch, etwas einzuwenden entschieden ab und redete weiter. »Uns ist zu Ohren gekommen, dass Sie eine Halbschwester haben, die ungefähr in Ihrem Alter sein muss. Es war wohl ein Fehltritt Ihres Vaters und Sie wussten davon. Wie auch immer.«

»Was unterstellen Sie mir? Also hören Sie mal! Mein Vater ist ein angesehener Norderneyer!«

»Der Professor hat diesen *Fehltritt* in seinem Krimi verarbeitet, natürlich ohne Ihren Namen zu nennen. Das ist Ihnen spätestens zu dem Zeitpunkt klar geworden, als er Sie auf das Foto mit der Ähnlichkeit angesprochen hat, das ihm bei Onno Fokken aufgefallen war.«

»Er hat mir immer gern von seinen Fortschritten beim Schreiben berichtet. Das ist richtig. Aber was soll ich ihm denn angetan haben? Ich war doch die ganze Zeit über hier in der Pension, als es passiert ist.«

»Gibt es dafür Zeugen?«, wandte Jan ein.

»Natürlich, ich habe Gäste verabschiedet. Was hätte ich denn davon, wenn ich meinen ältesten Stammgast verliere?« Gunda verkrampfte ihre Finger ineinander und schüttelte den Kopf.

»Was Sie von seinem Tod haben? Ich nehme an, Sie haben geglaubt, dass sein Krimi niemals erscheinen wird und der gute Ruf Ihrer Familie gewahrt bleibt, wenn Sie den Autor ausschalten. Und für Sie war es ja ganz einfach, sie mussten doch nur seine Herzmedikamente austauschen. Wie man das anstellt, das kann man im Internet alles nachlesen.«

Dieser Vorwurf verfehlte nicht seine Wirkung. Jan Berg bedachte Bea mit einem kritischen Blick, der sie ermahnte, nicht wieder so forsch an die Befragung heranzugehen. Doch Bea kam gerade erst richtig in Fahrt. Gunda Uckena sank in sich zusammen und stammelte, dass das alles nicht sein könnte.

»Wie bitte? Können Sie etwas deutlicher reden, damit wir Sie auch verstehen?«

»Damit habe ich nichts zu tun! Wirklich nicht. Ich weiß nicht einmal, wie man so was macht.«

»Aber Ihr Bruder Immo vielleicht? Haben Sie ihm erzählt, worüber der Professor schreibt?«

Sie wand sich auf ihrem Stuhl, gestand dann aber ein, ihm davon erzählt zu haben.

»Dann war er es, der die Pillen ausgetauscht hat. Da er sich aber nicht selbst die Finger schmutzig macht, musste das wohl ein Zimmermädchen erledigen. Nicht wahr?«

Langsam fing Gunda sich wieder. Sie hatte sich nichts vorzuwerfen, das wollte sie doch wohl mal klarstellen.

»Immo? Nein, der hat damit auch nichts zu tun. Dafür lege ich meine Hand ins Feuer.«

»Wenn du dir die man nicht verbrennst«, murmelte Jan Berg.

»Natürlich war Immo aufgebracht, als ich ihm davon erzählt habe. Im Scherz hat er dann gesagt, dass man dem alten Knaben mal einen gehörigen Schreck einjagen sollte, damit der seinen Schund für sich behält.«

»Und das hat er ja dann auch wohl getan. Natürlich nicht er selber, sondern Gesa de Boer, von der er auch noch andere Gefälligkeiten verlangte.«

»Und die jetzt, dank Immo, im Krankenhaus liegt«, ergänzte Bea.

»Ihr spinnt doch Seemannsgarn. Das ist doch nicht wahr.« Unvermittelt wurde die Tür aufgerissen und Gretje Blom kam mit einer Medikamentenschachtel in der Hand herein. Sie hatte etwas Wichtiges mitzuteilen.

»Nicht stören!«, knurrte Gunda, aber das ignorierte die Hobbydetektivin.

»Wer hat dem Düvel die Medikamente in diese Box getan und da drauf geschrieben, wann er welche und wie viele einnehmen soll?«

»Ich nehme an, er selber«, sagte Gunda. »Er war ein intelligenter Mann, der ganz gut auf sich aufpassen konnte.«

»Er hatte aber doch Probleme mit den Augen, das hat er mir persönlich gesagt. Haben Sie ihm nicht geholfen und die Medikamentenbox beschriftet?«

»Um Gottes willen! Das hätte Ärger mit seiner Haushälterin gegeben. Die Dame hat Haare auf den Zähnen.« Die Pensionswirtin blickte Gretje Blom abschätzend an. »Schlimmer noch als Sie!«

Gretje griente, sie fasste es als Kompliment auf. Die beiden Beamten jedoch rätselten, worauf sie hinauswollte.

»Jan, ich müsste mal dringend unter vier Augen mit dir sprechen«, bat Gretje ihn, mit ihr an die frische Luft zu gehen. Als sie ein ruhiges Eckchen gefunden hatten, erzählte sie von ihrem Verdacht. »Was sagst du dazu?«, fragte sie abschließend. »Wollt ihr sie ins Kreuzverhör nehmen oder soll ich? Ihr seid ja hier noch tüchtig beschäftigt.«

»Das lässt du aber mal ganz schön sein. Wie willst du denn begründen, dass die Haushälterin etwas mit seinem Tod zu tun hat?«

»Verschmähte Liebe«, kam es von Gretje im Brustton der Überzeugung. »Die war in ihren Chef verknallt. Sie lebte ja schon mit ihm zusammen, als wären sie ein altes Ehepaar. Aber dann muss sie wohl, Zufall hin oder her, einen Hinweis auf seine bevorstehende Eheschließung entdeckt haben. Und zwar nicht mit ihr, die ihm jahrelang so treu diente, sondern mit einer anderen. Mit Rike Gruber.«

»Frau Hülsmann hat sich uns gegenüber allerdings etwas anders geäußert. Wir werden deinen Flausen aber nachgehen. Und jetzt muss ich wieder rein, bevor die Weiber sich gegenseitig an die Köppe kriegen.«

»Flausen?« Gretje lachte. Mit sich zufrieden, ließ sie den Hauptkommissar wieder seinen Dienst tun. Genug Stoff zum Nachdenken hatte sie ihm geliefert, jetzt war es an ihm, zu handeln. Für Gretje Blom hieß es abwarten, was der unermüdlichen Spürnase ungemein schwerfiel.

Sie ging wieder zu Sina aufs Zimmer zurück. Mit ihr hatte sie sich zuvor ausführlich über Renate Hülsmann unterhalten und herausgefunden, dass der Professor von den Gefühlen seiner Perle nichts ahnte.

Kapitel 22

»Frau Uckena, wir müssen Sie bitten, sich zu unserer Verfügung zu halten und die Insel nicht zu verlassen«, betonte Bea Bissick noch einmal, ehe sie sich verabschiedeten.

»Wo soll ich denn schon hin? Jan, du weißt doch, wie das ist. Einmal Insulaner, immer Insulaner. Wenn ihr das meint, dann verschiebe ich meinen Urlaub in die Karibik eben.«

»Wie? Du hast deine Koffer schon gepackt? Halten deine Eltern sich jetzt in der Karibik auf?«, ging Jan Berg ihr auf den Leim.

Gunda grinste hämisch. »Scherz, Alter! Hast du ja schon damals nicht kapiert. Wenn ich nicht gewesen wäre, dann wärst du jetzt Friedhofsgärtner, aber mit Sicherheit nicht bei der Polizei«.

Bea Bissick musste sich das Lachen so lange verkneifen, bis sie draußen vor der Pension waren.

»Das war ja mal ein Schlusswort! So was habe ich ja noch nicht erlebt in meiner Laufbahn. Mannomann!«

»Ich finde das überhaupt nicht witzig«, sagte er kleinlaut.

»Umso mehr wundere ich mich, dass du so mit dir umspringen lässt. Mensch Jan! So geht das nicht. So was darfst du dir nicht bieten lassen.«

»Was hätte ich denn machen sollen?«

Bea stöhnte laut auf, dann ließ sie es gut bleiben und reflektierte, was Gunda ausgesagt hatte. Da sie als Spezialistin im Bereich Körpersprache, Mimik und Gestik galt, interpretierte sie nun ihre Beobachtungen.

»Die Uckena ist zwar etwas speziell, aber ich glaube nicht, dass sie die Pillenbox befüllt und beschriftet hat. Ich habe sie beobachtet und bezweifle nicht, dass sie die Wahrheit gesagt hat.«

»Dann trifft vielleicht doch Gretjes Theorie zu.«

»Und, was sagt sie?«, fragte Bea ungeduldig.

»Sie glaubt, die Haushälterin wars.« Jan Berg berichtete in allen Einzelheiten, wie Gretje zu dieser Annahme kam.

»Hmm. Dann sollten wir Frau Hülsmann schleunigst anrufen und sie noch einmal zu uns aufs Revier einladen. Nicht, dass Gretje Blom uns zuvorkommt. Lass uns das sofort erledigen. Ruf du sie an. Du liegst ihr mehr.«

»Und wie wollen wir sie überführen?«

»Ich hätte da schon eine Idee«, sagte Bea vergnügt und schielte zum nahe gelegenen Pizzaimbiss.

***

»Haben Sie sie?«, war die erste Frage von Renate Hülsmann, als Hauptkommissar Jan Berg sie anrief.

»Wir sind kurz davor, allerdings bräuchten wir Ihre Hilfe für die Überführung«, schwindelte Jan Berg. Er machte das so souverän, dass Bea ihm hinterher anerkennend auf die Schulter klopfte. »Gut gemacht, Alter! Hätte nicht gedacht, dass du so unverschämt lügen kannst.«

»Ich auch nicht. Aber ich bin ja noch lernfähig.«

Frau Hülsmann ließ sich nicht lange bitten. Es schmeichelte ihrem Ego, persönlich zur Verhaftung des Täters beizutragen. Sie wollte sich nur noch den Sand nach ihrem ausgiebigen Strandtag abwaschen, anschließend würde sie sofort zur Polizeiwache radeln.

Auch Gretje Blom radelte zur Polizeiwache, denn erst in der Friesenrose hatte sie die Pillenbox in ihrer Tasche bemerkt. Sie musste sie versehentlich wohl wieder eingesteckt haben. Kurz bevor sie die Wache erreichte, sah sie eine ältere Frau das Polizeirevier betreten. Für Gretje war sonnenklar, dass es sich bei der Person um die Haushälterin handeln musste, und beeilte sich, hinterherzukommen.

Auf dem Flur zu Jan Bergs Amtsstube wurde sie von Swantje Robben gestoppt.

»Wo wollen Sie denn schon wieder hin«, pfiff die junge Kommissarin sie an. »Die Kollegen sind in einer Besprechung und wollen auf keinen Fall gestört werden.«

»Das hab ich mir schon gedacht. Aber die können ohne mich nix machen, ich habe nämlich das Beweisstück in der Tasche.« Herausfordernd sah sie zu der molligen Polizistin auf, die würde sie nicht aufhalten. »Sie können sie ja vorwarnen, dass ich gleich bei ihnen bin, wenn es Ihnen damit besser geht.«

Sofort griff Swantje zum Telefon, wählte die interne Nummer und meldete den unerwarteten und unerwünschten Besuch an. Zu ihrem Erstaunen waren ihre Kollegen nicht verärgert über die Störung, sondern baten darum, Gretje zu ihnen zu bringen.

»Na los. Sie werden erwartet.«

»Wir haben Besuch von der Haushälterin des Professors«, sagte Jan Berg und stellte die beiden Damen einander vor.

»Ach, das ist ja schön, dass ich Sie persönlich kennenlernen darf. Der Professor hat immer so viel von Ihnen erzählt.«

»Ach wirklich?«

»Jau. Ich hab ihn ja nur kurz kennengelernt und da hat er so nett von Ihnen gesprochen und dass Sie sich um alles kümmern und immer um sein Wohl besorgt sind.«

Frau Hülsmann lächelte. Im Gegensatz zu Bea Bissick, die zu platzen drohte, weil Gretje Blom die Vernehmung auf ein falsches Gleis lenkte. Bea fing an zu hüsteln, sie konnte sich nur noch schwer zurückhalten.

»Frau Hülsmann«, sagte Bea Bissick, »heute Morgen haben Sie gesagt, jemand hätte die Medikamente ihres Chefs ausgetauscht.«

»Ja. Und? Hat sie gestanden, die Pensionswirtin?«

Gretje kramte in ihrer Tasche, holte die Pillenbox heraus und legte sie den Beamten auf den Schreibtisch.

»Wir haben mit Frau Uckena gesprochen und sie behauptet felsenfest, dass niemand anderes für die Gesundheit des Professors verantwortlich wäre als Sie, Frau Hülsmann.«

»Ja, genau so ist das. Ich habe ihm die Tabletten auch immer fein säuberlich in die entsprechenden Fächer abgefüllt und Zettelchen aufgeklebt, damit er nicht vergisst, sie einzunehmen.«

»Dann haben Sie diese Box beschriftet?«

Die Haushälterin geriet ins Stocken. Gretje war noch immer mit im Raum und verfolgte jedes Wort, jede Geste.

»Das kann ich kaum lesen, so klein ist das geschrieben. Meinen Sie, dass Sie es entziffern können?«, fragte Bea und reichte der Haushälterin das Döschen.

Sie begutachtete es, las problemlos die Beschriftung vor und gab Erklärungen dazu ab.

»Kann es sein, dass Sie sich mit der Dosierung vertan haben?«, fragte nun Jan Berg.

»Wieso? Ich weiß ganz genau, wie das sein muss. Wie kommen Sie denn darauf?«

»Weil bei den Betablockern angegeben ist, dass er die nur jeden zweiten Tag nehmen soll. Betablocker müssen aber täglich eingenommen werden, sagt unser Mediziner.«

»Dann hat jemand das geändert. Das ist auch gar nicht meine Schrift.«

»Dafür konnten Sie die aber viel zu gut lesen«, sagte Jan Berg etwas weniger freundlich. »Frau Hülsmann, wir glauben, dass Sie vorsätzlich die Dosierung geändert haben. Aber warum?«

»Dat kann ich euch wohl sagen«, mischte Gretje sich ein.

»Da bin ich aber gespannt. Dann wissen Sie ja mehr als ich«, schnappte die Haushälterin. »Woher wollen Sie denn meine Beweggründe kennen? Sie haben doch nicht mit ihm zusammengelebt und mussten mitansehen, wie er mich hintergeht?« Zu spät merkte Renate Hülsmann, dass sie in eine Falle getappt war.

»Nee. Das hab ich nicht. Aber ich kann mir das ganz gut vorstellen, wie bitter das ist, wenn man jemanden liebt und das nicht auf Gegenseitigkeit beruht. Und dann lebt man auch noch in einem Haus zusammen, sieht sich täglich, fährt jeden Sommer gemeinsam in den Urlaub und dann fängt er plötzlich an, sich für eine andere Frau zu interessieren«, zählte Gretje all das auf, was sie bislang nur vermutet hatte und das sich jetzt bestätigte.

»Heiraten wollte er die. Heiraten! Mein Professor und diese Literaturagentin«, machte Frau Hülsmann ihrem Ärger Luft. »Aber …«, und nun fing sie bitterlich an zu weinen, »ich wollte ihn doch nicht umbringen. Das schwöre ich.«

»Was wollten Sie denn dann?«, fragte Bea Bissick. Die Frau tat ihr fast ein bisschen leid, wie sie so von ihrer Verzweiflungstat sprach.

»Ich wollte nur, dass er bei mir bleibt. Der wollte diese Rike heiraten. Und was wäre dann aus mir geworden? Ich kenne ihn doch viel besser. Und der Toni hat selber manchmal vergessen, die Betablocker zu nehmen. Ich habe das gemerkt, weil er dann jedes Mal heftige Migräne bekommen hat. Ihm wurde schwindlig und er hat dann alles verschwommen gesehen. Er wollte das ja nicht wahrhaben, dass es da einen Zusammenhang gibt. Aber mein Bruder, der muss auch diese Medikamente nehmen, daher kenne ich mich so gut damit aus.«

»Frau Hülsmann, Sie geben also zu, dass Sie vorsätzlich die Dosierung geändert haben?«

Sie schniefte und gestand unter Tränen, das es so war. »Aber ich bin doch keine Mörderin! Ich hab ihm doch nichts Böses gewollt. Ich dachte doch nur …« Wieder schniefte die Haushälterin, ehe sie ihre schrägen Gedankengänge offenbarte. »Ich wollte doch nur, dass er endlich merkt, wie sehr er mich braucht und dass ich immer für ihn da bin. Nach und nach hätte ich ihn wieder gesund gemacht. Wer will denn schon einen so kranken Mann heiraten. Diese Hendrike jedenfalls nicht.« Frau Hülsmann schien überzeugt von dem zu sein, was sie sagte. Sie glaubte wirklich, den Professor auf diese Tour für sich gewinnen zu können.

»Indem Sie die Dosis der Medikamente reduzieren? Wie krank ist das denn? Das erzählen Sie mal dem Richter. Ich hoffe, Sie haben einen guten Anwalt«, sagte Bea Bissick.

***

»Junge, Junge, Junge! Ich brauch jetzt erst mal ein Fittaminchen«, sagte Gretje zu ihrer SOKO Inselschreiber, nachdem sie das Verhör haarklein wiedergegeben hatte.

»Wenn man das mal nüchtern betrachtet«, meinte Piet, »dann ist die Frau doch nicht schuld an seinem Tod.«

»Ein bisschen aber schon«, kam es von Sina. »Aber ich denke, sie muss sich keine allzu großen Sorgen deswegen machen. Onkel Toni hat einen sehr guten Anwalt und Onkel Toni würde nicht wollen, dass Rena wegen ihm in den Knast wandert. Er hat sie zwar nicht geliebt, aber er hat seinen alten Drachen immer sehr geschätzt. Ich nehme das in die Hand und spreche mit dem Anwalt.«

»Den Immo sollten sie lieber drankriegen«, grummelte Onno und schenkte jedem einen doppelten Sanddornschnaps ein. »Der ist nicht unschuldig an seinem Tod.«

»Auf unsern Inselschreiber«, sagte Gretje Blom und erhob ihr Glas.

»Und auf seinen Krimi«, fügte Sina hinzu. »Und die erste Lesung auf Norderney …« sie sah zu Gretje, »… würdest du mir die Freude machen und sie halten, Gretje Blom?«

»Ich? Willst du das nicht lieber machen? Du bist doch sein Patenkind und du schreibst das doch alles für ihn auf.«

»Ich würde es viel mehr genießen können, wenn ich in der ersten Reihe sitze und zuhören darf, wie du seinen Krimi vorträgst. Ich glaube, das kannst du sehr viel besser als ich. Ich bin zu nah dran. Und wenn ich mich recht entsinne, hast du es ihm versprochen.«

Gretje Blom wurde auf ihrem Stuhl immer größer. Sie fühlte sich unglaublich geschmeichelt. »Junge, Junge, Junge, der olle Düvel …«

»Danke Gretje, du bist ein Schatz!«

»Ach. Da nich für.«

ENDE

Ostfrieslandkrimi-Empfehlungen
des Klarant Verlages

Lernen Sie auch die anderen Bücher der beliebten
Ostfrieslandkrimi-Serie **»Ein Fall für Gretje Blom«** von
Rita Roth kennen:

Immer wenn Gretje Blom auf der ostfriesischen Insel
Norderney weilt, geschieht ein Verbrechen und sie ist
mittendrin! Zum Glück verfügt die Ruheständlerin über
einen außerordentlichen Spürsinn. Gemeinsam mit ihrem
besten Kumpel Piet, Hauseigentümer Onno und den anderen
Norderneyer Freunden löst sie jeden Fall. Gretje Blom
ermittelt auf ihre eigene unkonventionelle Art – mit viel
Scharfsinn, Durchsetzungsvermögen und einer ordentlichen
Portion Humor!

In der Serie sind bereits folgende Ostfrieslandkrimis
erschienen:

»Inselsünde«, Band 1
Taschenbuch-ISBN: 978-3-95573-987-4
eBook-ISBN: 978-3-95573-989-8

»Ich angle mir einen Millionär!« Mit diesem Wunschtraum
im Gepäck reist Britt auf die ostfriesische Insel Norderney
drei Monate später ist sie spurlos verschwunden. Einiges
deutet auf eine Affäre mit dem bekannten Casanova Ricardo
hin, der ebenfalls wie vom Erdboden verschluckt scheint. Ist
Britt mit ihm durchgebrannt und genießt jetzt ihr Liebes-
glück? Oder ist sie einem furchtbaren Verbrechen zum
Opfer gefallen? Gretje Blom stößt auf den Fall und entdeckt
einige Ungereimtheiten. Gemeinsam mit ihren Freunden aus
der Norderney-WG geht sie der Sache nach. Ins Visier gerät

auch der Schönheitschirurg Rob van Geldern, der auf der Insel eine neue Beauty-Klinik eröffnen will und einen äußerst zwielichtigen Eindruck macht ...

»Inselzorn«, Band 2
Taschenbuch-ISBN: 978-3-96586-003-2
eBook-ISBN: 978-3-96586-004-9

»Inselrache«, Band 3
Taschenbuch-ISBN: 978-3-96586-037-7
eBook-ISBN: 978-3-96586-038-4

»Inselgroll«, Band 4
Taschenbuch-ISBN: 978-3-96586-107-7
eBook-ISBN: 978-3-96586-108-4

»Inseldrama«, Band 5
Taschenbuch-ISBN: 978-3-96586-166-4
eBook-ISBN: 978-3-96586-167-1

»Inselwelle«, Band 6
Taschenbuch-ISBN: 978-3-96586-236-4
eBook-ISBN: 978-3-96586-237-1

»Inselschleier«, Band 7
Taschenbuch-ISBN: 978-3-96586-xxx-x
eBook-ISBN: 978-3-96586-xxx-x

»Inselschreiber«, Band 8
Taschenbuch-ISBN: 978-3-96586-473-3
eBook-ISBN: 978-3-96586-474-0

Klarant Verlag

Lernen Sie die Ostfrieslandkrimi-Titel des Klarant Verlages kennen und besuchen Sie uns im Internet unter:

www.ostfrieslandkrimi.de

und

www.klarant.de

Sie können dort Näheres über unsere Autoren erfahren, viele weitere interessante Bücher und eBooks finden und Leseproben herunterladen. Mit dem kostenlosen Newsletter auf:

www.ostfrieslandkrimi-lesen.de

erhalten Sie aktuelle Informationen rund um das Verlagsprogramm, wie beispielsweise spannende Neuerscheinungen und Gewinnspiele.